JN034924

つがいは目隠し竜に堕ちる

AOI
MIYAO
宮緒 葵

CHOCOLAT
BUNKO

ILLUSTRATION みずかねりょう

CONTENTS

つがいは目隠し竜に堕ちる 004
あとがき 252

――いつ死んでもいいのだと、思っていた。

「愛している」

死ねば、理不尽だらけの人生から解放される。後ろ指を指され、遠巻きにされることも無い。もしかしたら、亡き両親に会えるかもしれないと、淡い期待すら抱いていた。

だから全身がばらばらに千切《ちぎ》れ飛んだあの時、やっと死ねるのだと確信し、歓喜に震えたというのに。

「…愛している。愛している愛している愛している愛している愛している」

……ああ、間違い無く自分は生きている。縛り付けられている。苦痛しかもたらさなかった、くそったれな生に。誰にも触れられたことの無い蕾《つぼみ》を灼熱《しゃくねつ》の肉杭で蹂躙《じゅうりん》し、引き締まった腰を狂おしく打ち付けてくる、この男によって。

「…も…、……やめ……」

僅かに身じろぐだけで、腹の奥からたぷりと重たげな水音が聞こえてくる。もはや体力のほとんどを消耗し、全身の感覚も失われゆく中で、それは奇妙なくらい大きく響いた。熱に浮かされたように腰を使っていた男がふいに動きを止め、大量の精液を詰め込まされた腹を愛おしそうに撫でる。

「…ひっ…」

一方的な凌辱《りょうじょく》が始まった時から…否、その腕に捕らわれた時から一瞬たりとも逸らされない双眸《そうぼう》が、ゆったりと細められる。右は緋色、左は藍色。色違いの宝玉のような瞳だった。災いをまき散らすとわかっていても手に入れずにはいられない、呪われた宝玉だ。

怖い——怖い。底知れぬ闇にぎらつく光が全身を搦《から》めとり、呑み込もうとしている。

ふるふると震える唇に、男のそれが重ねられた。

「愛しい私のつがい。名を教えておくれ」

もう何度目かもわからない問いに無言で応《こた》えれば、男は人間離れした美貌《びぼう》をくしゃりと悲しげに歪ませる。

微かに芽生えそうになった罪悪感を、即座に呑み込んだ。こんな男の願いなど、聞いてやる必要は無い。そもそも悲鳴を上げっぱなしの喉は擦れ、ろくに声も出せない。わかっていてもずきずきと痛むこの胸は、おかしくなってしまったのだろうか。それともやはりあの時、自分は死んでしまったのか？

……死ねば楽になれるはずだったのに、どうして生きている時よりも苦しいんだ？

「…不甲斐《ふがい》無い私に、怒っているのだな」

悩ましい吐息が、項《うなじ》をくすぐった。小さく跳ねる肩に、男の長い金色の髪がさらさらと流れ落ちていく。

「当然だ。…そなたの苦しみは、全て私のせいなのだから」

どれほど憎まれても、詰《なじ》られてもいい。許してもらえるのならどんな罰でも受けると真《しん》摯《し》に囁く男が、ひどく滑稽《こっけい》に見えた。こいつは何を言っているのだろうか。指一本動かせないほど痛め付けてくれたのは、この男自身だというのに。

「この罪は、私の持てる全てで償《つぐな》おう。私の命、私の魂、私の身体、私の魔力、私の財産……私の全てはそなたのものだ。愛しい、我が唯一のつがいよ……」

要らない。そんなものは要らない。

必要なのは終わりだ。孤独も焦燥も悲しみも、全てを断ち切ってくれる終焉《しゅうえん》が欲しいのだ。死こそがその願いを叶えてくれるはずだったのに。

——呑み込まれる。沈んでゆく。色違いの双眸の奥にうごめく、底知れぬ闇に。


建て付けの悪いドアを開けると、ざわついていた食堂はぴたりと静まった。

奇妙な沈黙の中、一之瀬光希《いちのせみつき》は無言で一番隅の席に着く。食堂はほぼ満員に近いが、光希の両隣は空席のままだった。向かい側で食事を始めていた小学生の男の子が慌てて残りの味噌汁を掻っ込み、ぱたぱたと逃げ去っていく。

「疫病神《やくびょうがみ》の奴、また傷が増えてないか？」

一つ向こうの席で眉を顰めていた男子生徒が、隣の友人に囁いた。制服の半袖シャツから覗く光希の右腕には、真新しい包帯が巻かれている。

「昨日、帰って来る途中で自転車に突っ込まれたらしいぜ。乗ってたオッサンは打ちどころが悪くて死にかけてるのに、あいつはかすり傷だけで済んだっていう」

「マジかよ…やっぱり死に損ないだな…」

聞こえよがしの会話を無視し、光希はほとんど味のしない朝食を腹に収めていく。平気な顔を取り繕うのには、とっくに慣れてしまった。食ってかかったりすれば、相手を調子づかせるだけだ。いや、その前に悲鳴を上げて逃げられるかもしれないが。

十分もかけずに食べ終わり、食堂を出ると、張り詰めていた空気が一気に弛緩するのがわかった。漏れかけた溜息を噛み殺し、通学鞄を持って玄関に向かう。

「…あの子、また事故に遭ったんですか？　確か先週、駅の階段から落ちたばっかりでしたよね？」

潜めた話し声が聞こえ、光希はふと立ち止まった。

そっと曲がり角の奥を覗き込めば、この施設の院長とエプロン姿の女性職員が話し込んでいる。確か、今年赴任してきたばかりの若い職員だ。光希は一度も話したことが無いが、親身になって面倒を見てくれると、低学年の子どもたちから慕われている。

「何だか気味が悪いです。あの子、怪我しても全然痛そうにしないし、いつも何考えてるかわからない無表情で…」

「そんなことを言うもんじゃない。あの子だって、好きで痛い目に遭ってるわけじゃないんだから」

「でも、私が来てからだけでも二十回以上ですよ？　まるであの子が災難を引き寄せてるみたいで、子どもたちだって怖がって…、あっ…」

光希が歩き出したとたん、振り向いた女性職員がさっと青ざめた。無言で頭を下げ、通り過ぎようとした光希に、院長が追い縋ってくる。

「み、光希。誤解しないでくれ。大野先生は、その…、決して悪気があったわけでは…」

「大丈夫です。慣れてますから」

短く言い捨てて足を速めれば、院長は追っては来なかった。玄関で遊んでいた子どもたちが、光希を目にしたとたん、蜘蛛《くも》の子を散らすように逃げ去っていく。

学校指定のローファーを履いて外に出ると、夏の強い日差しがじりじりと照り付けてきた。この施設には三歳から十八歳までの五十人ほどが暮らしているが、蝉時雨《せみしぐれ》に包まれた小さな園庭に光希以外の姿は無い。いつものことだ。皆、光希と少しずつ時間をずらして登校している。ほんの少しでも、光希と顔を合わせる機会を減らすために。

「……はあ……」

あと半月もすれば夏休みだと思うと、溜息が出た。図書館や高校生以下無料のフリースペースなど、施設の近くにはお金を使わずに長時間過ごせる場所は色々ある。顔を合わせたくないのは光希も同じだから、どこかに避難すればいいのだが、外に出ればまた傷を増やすことになるだろう。

どんなに気を付けていても、事故やトラブルは向こうの方から訪れる。昨日、きちんと歩道を歩いていたにもかかわらず、飲酒運転の自転車が突っ込んできたように。

だが、施設の部屋に閉じこもっていたって、きっと無事ではいられないのだ。去年の夏休みには季節外れの大型台風が直撃し、施設は水浸しになり、光希はガラス窓を突き破った植木鉢で危うく頭をかち割られるところだった。一昨年は施設で取った仕出しの弁当が腐っていて、食中毒で入院する羽目になった。光希だけ症状が重く、休みのほとんどを病院で過ごすというおまけ付きだ。三年前も四年前も…春休みも冬休みも…、まともに過ごせた休みの記憶は無い。

――まるであの子が災難を引き寄せてるみたいで。

あの女性職員はきっと正しい。光希は災厄ばかりを引き寄せ、周囲を巻き込んで犠牲にするくせに、自分だけは助かってきたのだから。

…最初に犠牲になったのは両親だった。十七年前、生まれたばかりの光希と両親を乗せた車がトラックに衝突されたのだ。光希は助かったが、トラックの運転手と両親は即死だった。

その後光希を引き取ってくれた叔父《おじ》一家は間も無く火事に見舞われ、重度の火傷《やけど》を負いつつも救出された光希以外の全員が亡くなった。次に引き取られた祖父母の家は三日も経たず強盗に押し込まれ、光希は駆け付けた警察に助けられたが、祖父母は自棄《やけ》になった犯人に殺されてしまったのだ。

残された親族が光希を不吉な子だと疎《うと》んじ、養育を徹底的に拒んだことから、光希は児童養護施設に送られた。物心ついて以来、安穏《あんのん》と暮らせた日は一日も無い。ちょっとしたアクシデントや重大な事故や事件まで、毎日のように襲い掛かってきては、光希の小柄な身体に生傷《なまきず》を刻んでいった。

施設や学校の職員以外、光希を名前で呼ぶ者は居ない。死に損ないの疫病神。誰もが光希をそう蔑《さげす》んでは、可能な限り遠ざかろうとする。三人部屋が基本の施設で光希だけが個室なのは、光希と同じ部屋で暮らしていたら呪われると、かつてのルームメイトたちが泣いて嫌がったせいだ。

光希は今年高校二年生だから、あと一年半ほどで施設を出なければならない。奨学金を借りて進学するか、就職するか。同じ年頃の子どもたちは真剣に進路を検討しているのに、光希は考えたことすら無かった。

一年半先に、果たして自分は生きているのだろうか。生きていたとして、己も周囲も傷付け、どこにも居場所が無いのに、この世にしがみつく意味などあるのだろうか。

……いっそ、ひと思いに死んでしまえたら……。

鬱々《うつうつ》と考え込みながら歩くうちに、最寄り駅に辿り着いていた。光希の通う公立高校は電車で三駅向こうだ。溜息を吐き、改札をくぐる。

通勤ラッシュの時間帯のホームは、乗り入れ路線で人身事故があったらしく、いつもより混雑していた。人いきれにむせ返りそうになりながら、列の最後尾に回り込もうとした時だ。野太い怒声が上がったのは。

「…おい、オッサン！　人の足を踏ん付けといて、すみませんの一言もねぇのかよ!?」

光希のすぐ前で、太ったサラリーマンが茶髪の若い男に絡まれていた。助けを求めるサラリーマンの視線から、乗客たちは関わり合いになりたくないとばかりにさっと顔を逸らす。光希も離れてしまいたかったが、周囲は人込みでいっぱいだし、背後は線路だ。逃げ道を探しているうちに、男の怒りはますます加熱していく。

「だ…、だからもう謝ったじゃないか。大体、先にぶつかってきたのは君の方で…」

「あぁ？　人に怪我させせといて言い訳すんのかよ。何様のつもりだ、オッサン!?」

弱々しく反論するサラリーマンに、男は顔を真っ赤にして掴みかかった。アルコールの臭いが光希のところまで漂ってくる。この男、朝から酒を飲んでいるらしい。

「ちゃんと土下座して詫びやがれ、クソ野郎！」

「ひ、ひぃっ!?」

怒り狂った男の拳が、サラリーマンの鳩尾《みぞおち》にめり込んだ。光希は慌てて避けようとするが、もう遅い。サラリーマンの巨体はよろめき、背後に——光希に倒れかかってくる。

……どんっ！

重い衝撃を感じた直後、光希の身体は線路に投げ出された。乗客たちの悲鳴は、響き渡る轟音《ごうおん》にすぐさまかき消される。

入線してくる電車の運転士の慌てふためいた顔も、乗客たちに取り押さえられた若い男も、青ざめて尻餅をついたサラリーマンの姿も、不思議なほどはっきり見えた。キキイイイイ、と耳をつんざいたのはブレーキ音だろうか。

でも、もう間に合わない。

この身は粉砕され、ばらばらの肉塊と化すだろう。いくら死に損ないの疫病神でも、そうなれば助からないはずだ。

……やっと、死ねるんだ。

おかしいくらい凪いだ心に、歓喜が滲んだ。迫り来る電車が太陽のように光り輝いて見える。

早く、早く。急かすように腕を広げた……ような気がする。ぶつんぶつんと何かがもぎ取られる感覚と共に、意識が急速に薄れ始めた。ぼやけた視界の片隅を、包帯の巻かれた腕が飛んでいく。足も指も、もう一方の腕も…全部全部、ぐちゃぐちゃの肉の塊になって線路にまき散らされる――その寸前。

「……やっと見付けた……」

深い闇に呑み込まれかけていた意識を、かすれた甘い声が縫いとめた。

いや、意識だけじゃない。時間を巻き戻すかのように、千切れた四肢が不可視の手に集められ、再構成されていく。止まっていた心臓は再び鼓動を刻み、熱い血潮を全身に巡らせていく。

「ここはそなたの在るべき場所ではない。…共に行こう。私たちだけの世界へ…」

長く逞しい腕に包み込まれ、二つの鼓動が重なった瞬間、欠けていた何かがぴたりと合わさる音がした。再生されたばかりの心に、温かいものが満ちる。ここに居れば大丈夫。どんな災厄からも守ってもらえると、本能が理解している。

いや、もとから知っているのだ。竜人はつがいの、絶対の庇護者《ひごしゃ》。そしてつがいは、竜人の荒ぶる心を鎮め癒す唯一無二の伴侶《はんりょ》だと。

——だから安心して、全て委《ゆだ》ねてしまえばいい。ようやく出会えたつがいに、存分に可愛がってもらうために……。

頭の奥で、自分と同じ声の誰かが囁く。

どっと押し寄せる眠気には勝てず、光希は温かい腕の中でまぶたを閉ざした。


「…あ…、…あぁ……」

ひっきりなしに上がる甘ったるい嬌声が、ほんのり熱を帯びた耳朶《じだ》に纏わり付いた。

…煩《うるさ》い。この温もりに包まれて、まだ眠っていたい。光希はまぶたを閉じたまま顔を逸らすが、声はなおも追いかけてくる。

「ん……っ、あ、あ…っ…！」

夢現《ゆめうつつ》にもどきりとするほどのなまめかしさに思わず目を開け、そのまま硬直した。見たことも無い男が光希に覆いかぶさり、至近距離から覗き込んでいたのだ。

人間離れした凄艶《せいえん》な美貌の主だった。否、本当に人間ではないのかもしれない。黄金の滝のように腰まで伸びる艶やかな髪も、染み一つ無い褐色《かっしょく》の肌も、完璧に整っていながらどこか獰猛《どうもう》な顔も、生きた人間のものとは思えなかった。

長い手足を包む衣装はニュースで見た中東の王族のようなゆったりしたもので、広袖の袖口や襟元に施された緻密《ちみつ》な金銀の刺繍《ししゅう》が華やかな威厳を添えている。この男が玉座に着けば、誰もが喜んで額《ぬか》ずき、永遠の忠誠を誓うだろう。小柄で陰気臭い光希など、存在自体掻き消されてしまいそうだ。

極め付けは左右色違いの双眸である。右目は緋色、左目は藍色。渇望の光を宿して輝く一対の宝玉はひたと光希に据えられ、ゆらゆらと虹彩《こうさい》を揺らめかせながら、一秒たりとも離れない。

「あ、あ……」

「――目覚めたのか」

恐ろしさに身震いすれば、男は薄い唇を綻ばせた。慈愛に満ちた笑みに彩られたとたん、人形めいた美貌は生き物のそれへと一変する。

「傷は全て癒したが、どこか痛むところは無いか？」

「え……？」

「もう何の心配も要らぬ。そなたは我が腕の中に還ったのだ。何人たりとも、そなたを傷付けさせはしない…」

耳朶を舐め溶かすように低く蠱惑《こわく》的な声音に、聞き覚えがあった。電車に衝突した瞬間、消えかけた意識を繋ぎ止めた…あの甘い声だ。

「――――ッ！」

…そうだ。自分は線路に落ち、電車に撥《は》ねられたはずだ。衝撃で四肢が千切れ飛び、ばらばらになっていく感覚は確かに残っているのに。

どうして男に組み敷かれたこの身体は、手も脚も付いたままなのだろう。生傷の絶えない身体は常に痛みを抱えていたのに、どこも痛まないのだろう。

それに、一体ここはどこだ？　どうやらベッドに寝かされているようだが、光希が五人は余裕で横たわれそうな大きさのベッドなんて施設には無い。病院にも無いだろう。天蓋から垂れ下がる幾重ものベールに阻まれ、周囲の景色を確かめることも出来ない。

「…大丈夫。大丈夫だ」

混乱する光希を、男はきつく抱き締めた。ほんの少しだけスパイシーな花の香り。重なる鼓動が、波立った心を鎮めていく。

「そなたの肉体に刻まれた傷は、私が全て癒した。…いや、元に戻ったと言うべきか」

「…元に…、戻った…？」

「今にわかる」

見開かれた双眸から零れ落ちた涙を舐め取り、男は大きな掌《てのひら》を光希の股間に這わせた。萎《な》えた性器をじかに握り込まれ、光希は自分が生まれたままの姿を晒していることにようやく気付く。

見られている。緋色と藍色の双眸に、舐め回されている。痩せっぽちで貧相な、傷だらけの身体を——。

「いや、……あっ！」

やんわり擦り上げられただけで、肉茎は容易く熱を帯びた。くたりと力が抜けた隙を、男は見逃さない。優しく広げた光希の脚の間に、逞しい胴を割り込ませる。

「や、…嫌だ…、やめて…」

「……ラヴィアダリス」

熱い吐息と共に吹き込まれるや、花の香りがにわかに強くなった。思い切り吸い込んでしまったそれは光希の脳を蕩《とろ》かせ、白い肌をほのかに色付かせていく。

「そなただけが呼べる、私の名だ。…どうか呼んでおくれ。そのためだけに、私は今まで生き恥を晒してきた…」

「…あぁ…、…あ、あっ…」

無条件で従ってしまいそうになり、光希は拳を握り締めた。掌に食い込む爪の微かな痛みが、ともすれば消え失せそうな正気を繋ぎ止めてくれる。

……呼んじゃ、駄目だ。呼んだらきっと、後戻りが出来なくなってしまう。

ふるふると震える光希の項を、男…ラヴィアダリスは何度も吸い上げた。柔らかな唇に触れられるたび、焼きごてを押し当てられたような熱が柔な肌を焼いていく。

「……それでもいい」

光希に据えられたままの双眸に、悲痛な色が過《よぎ》った。そんな悲しそうな顔をさせたいわけじゃないのに。笑って欲しいのに。心の奥底から湧き上がる不可解な思いと恐怖が混ざり合い、光希の胸を疼かせる。

「死ぬまで許されずとも構わない。…私が守ってやれなかったせいで、そなたは苦しみ続けたのだから」

「…、…え…」

「その罪は、私の全てをもって償おう。私の愛しいつがい…私の命よ…」

どくん…っ…。

重なり合った心臓が、ひときわ大きく脈打った——それが始まりの合図だった。ゆっくりと唇を吊り上げ、ラヴィアダリスは纏っていた衣装を脱ぎ落としていく。一枚、また一枚。纏う衣が減るたびあの花の香りは濃度を増し、ベールに覆われた小さな空間を染め上げる。

「…ひ…っ、あ、…何で…」

ゆったりとした衣装からさらけ出された裸身は、同性として劣等感と憧れを抱かずにはいられないほど逞しく、均整の取れた彫刻のような肉体だった。その気品に満ちた美貌にそぐわぬ大きさの肉杭が股間で反り返り、今にもはち切れそうに脈打ちながら透明な雫を滴らせていなければ、見惚れてしまったかもしれない。

「何で…、そんな…」

「…愛している…」

かたかたと打ち震える光希の脚を広げ、ラヴィアダリスは生白い太股の内側に舌を這わせた。脚の付け根までねっとりと舐め上げられ、光希は息を呑む。こんな真似をされるのは初めてのはずなのに、何故か覚えがある。

「愛している…、私のつがい……愛している、愛している、愛している……」

「やっ…、あ、離せ…っ…」

「私を受け容れてくれ。そなたの中に、私を迎え入れてくれ。さもなくば、私は…」

「離せ…、離せ、離せってば…！」

会話はまるで噛み合っていないのに、ラヴィアダリスはうっとりと美貌を蕩けさせた。光希の声をじかに聞けるだけで嬉しい。この目に光希の姿を捉えているだけで渇きった心が潤されるのだと、恍惚《こうこつ》とした笑みは教えてくれる。…そんなこと、知りたくもないのに。

「うあぁ……！」

僅かに兆した性器を嚢《ふくろ》ごと咥えられ、光希は背筋をわななかせた。ごく淡い和毛《にこげ》がうっすらと生えただけのそこは、光希の密かなコンプレックスの象徴だ。同年代の少年より明らかに小さく、子どもっぽいのに加え、未だに精通を迎えていない。何度か自慰の真似事をしたこともあるけれど、まるで反応しなかった。

なのに――。

「…ぅ、…ひぃ…っ、あ、あぁ……」

ぬめった口内に包まれたとたん、いたいけな肉茎はあっさりと熱を宿した。

……これは、何？

全身の血が急速に集まり、肉茎がむくむくと勃ち上がっていく。初めてだった。何も考えられなくなってしまうような、わけのわからない感覚は。

「あっ、あ…、あ、あっ……」

愛おしそうにしゃぶり上げられるたびに溢れる甘ったるい嬌声は、目覚める前に聞こえていたあの声とそっくり同じだった。

絶望と共に、光希は理解する。ラヴィアダリスの狼藉《ろうぜき》は今始まったばかりではない。意識を失っている間じゅう、この身体を好きにされていたのだと。少なくとも、ラヴィアダリスの舌や指先の感触を刻み込まれるくらいの時間、ずっと…。

「嫌…、嫌だ、嫌だぁ…っ…！」

じたばたともがき、汗ばんできた肌から漂うあの花の香りはくらくらするほどかぐわしいのに、ひどくおぞましい。…わかってしまうから。眠る身体を裸に剥かれ、くまなく舐め回されていたせいで染み込まされたのだと。

「…僕は…、お前のつがいなんかじゃ、ない…」

ずきん、と鋭く痛む胸を押さえ、光希は豪奢《ごうしゃ》な黄金の髪を引っ張る。据えられたまま悲しげに歪む色違いの双眸を、あらん限りの胆力で睨み付けた。

「お前なんて知らない…、要らない。今すぐ僕を放して、どっか行っちゃえよ…！」

揺れていたラヴィアダリスの双眸から、堪え切れない涙が溢れた。微かな罪悪感に震える光希の前で、緋色と藍色の奥が変化していく。

「…う、あぁ、あ…」

全身を駆け巡っていた熱が、すうっと引いていった。…化け物だ。やっぱりこの男は人間じゃなかった。だって人間の瞳孔《どうこう》が、縦に裂けるわけがない。

「愛している…」

「……っ！」

とっさに引っ込めようとした手に、黄金の髪が絡み付いた。脚を閉じようとすれば足首に、腰を引こうとすれば腰に、顔を逸らそうとすれば首筋に。まばゆく輝く髪は黄金の鎖と化し、光希を拘束する。

光希に出来るのはただ、禍々《まがまが》しい眼差しを受け止めることだけだ。せめて目を閉じたいが、まぶたをこじ開けられてしまいそうで恐ろしい。数えきれない事故や事件に巻き込まれてきたけれど、今ほど命の危機を感じたことは無かった。

ラヴィアダリスはおもむろに身を起こし、光希の脚を担ぎ上げる。

「…憎まれても、疎まれても良い。嫌われても罵《のの》られても、殴られても蹴られても…それで少しでも、そなたの心が安らぐのなら…」

「……っ、……」

「だが……」

さらけ出された尻のあわいに、焼けた熱杭の先端が押し当てられた。その熱さと質量に光希は震え上がるが、黄金の髪に縛られ、大きく開かされた脚を閉じることすら叶わない。

「要らぬと…私の傍から離れることだけは許さない。私はそなたのもの。そしてそなたは、生まれ落ちた瞬間から私のものだ…！」

「…ひ、…いっ、いっ…、やぁぁぁー…っ…！」

固く閉ざされていた蕾を、猛る肉杭は容易く散らし、ずぶずぶと腹の中に沈み込む。みっともなく脚を開かされたまま、光希はぽろりと涙をこぼした。本来、受け容れる場所ではないそこを、光希とは大人と子どもほど違う肉の凶器が呆気無く蹂躙していく。痛みはまるで無かった。普通なら蕾は裂け、激痛と流血に襲われているはずなのに。

……どうして……？

血塗れになり、激痛にのたうち回る方が遥かにましだった。だって…だってこれじゃあ、まるで光希が喜んでラヴィアダリスに抱かれているみたいじゃないか。

——嫌なのに。

光希を呑み込まんばかりにぎらつく双眸が、怖くて怖くてたまらないのに。

「ああ……」

根元まですっかり光希の中に収め、ラヴィアダリスは引き締まった腰を恍惚と震わせる。どくどくと脈打つ肉杭に内側から食い破られてしまうのではないかと怯える光希さえ、束の間見惚れずにはいられない凄絶な色香を滴らせながら。

「…私のつがい。可愛い可愛い、私だけのつがい…」

「…う…、くぅ…っ…」

「愛している。愛している、愛している…もうどこにもやりはしない…」

浮かび上がらされた尻のあわいに、ラヴィアダリスは逞しい腰を打ち付ける。

一回り以上小柄な光希の身体はゆさゆさと激しく揺らされ、絹のシーツの上で何度も弾んだ。かろうじてベッドヘッドに頭をぶつけずに済んでいるのは、皮肉にもラヴィアダリスにがっちり両脚を抱え込まれ、黄金の髪に足首を縛められているおかげだ。

「ふ、…ぅっ、あぁ…！」

最奥まで侵入した切っ先がおびただしい量の精をぶちまけるのを、光希はなすすべも無く受け容れるしかなかった。下肢がほぼ垂直に持ち上げられているせいで、灼熱の粘液は溢れ出ず、どろどろと更に奥へ流れ落ちてゆく。

「はぁ…、はあ、は…っ…」

とうとう中を汚されてしまった——絶望しつつも、光希は安堵を覚えていた。

やっと終わったのだ。もうこれ以上、犯されることは無い。あとはしばらくじっとしていれば、動けるようになる。今までもそうだったように。

「…私のつがい…」

淡い期待は、情欲に染まりきった囁きに打ち砕かれた。繋がったまま背を起こされ、胡坐《あぐら》を組んだラヴィアダリスの膝に乗せられる。

「う…、あぁっ……」

小さな腹を内側からみちみちと広げる肉杭が、光希自身の重みでいっそう奥にめり込んでいく。

注ぎ込まれていた大量の精液は熟れた切っ先に押し上げられ、光希すら触れたことの無い媚肉をしとどに濡らした。粘ついた水音が腹の中から聞こえた気がして、光希は背筋を震わせる。

「愛しい……、愛しい愛しい、私のつがい……」

「ひ…ぃっ、や、ああ…！」

すっかり萎えてしまっていた性器は、ラヴィアダリスの手に包まれるや、あっさり熱を取り戻した。

首筋に絡み付いた髪が解け、光希の背中を滑り落ちる。ほっとしたのも束の間、剥き出しの項をぬめる舌がねっとりと舐め上げた。いやいやとかぶりを振る光希をあやすように…滲んだ汗さえも、我が物にせずにはいられないかのように。

「…名を…、教えてくれぬか」

耳元に吹き込まれる囁きが、蜜よりも甘く蕩ける。一瞬たりとも離れない色違いの双眸に怯えて視線を下げれば、子どものようにいたいけな性器が大きな掌の中でくちゅくちゅと涙を流していた。ろくに毛も生えていないそれが大人の男の手に弄ばれる様はひどく卑猥で、目が離せなくなってしまう。

「あ…っ、は…ぁ、あぁ…」

「せめて私に、そなたの名を呼ばせておくれ。…この私を、ほんの少しでも哀れと思ってくれるのなら…」

――ふざけるな。さんざん好き勝手をしておいて、どこが哀れだって言うんだ…！

怒りのままぶちまけようとして、光希は言葉を失った。まっすぐに見下ろしてくる色違いの双眸から、血の涙が溢れていたから。

「…お…、お前…」

ぽたり、ぽたり。

血涙はラヴィアダリスの頬を伝い、光希の肌にいくつもの小さな水溜まりを作っていく。ろくに陽に当たらず生白い肌がいっそう白く見えるのは、その血があまりに鮮やかな深紅だからだろうか。

……ラヴィアダリス。

頭の奥で泣く声は自分とそっくり同じなのに、狂おしいまでの哀切を帯びていた。

……ラヴィアダリス、ラヴィアダリス。お願いだから、もう泣かないで。僕はどこにも行かないから。ずっと、貴方の傍を離れないから。

「僕…、は……」

口にしかけた名前を、光希は直前で呑み込んだ。逸らされることの無い、色違いの双眸。名を与えれば、宝玉と呼ぶには禍々しすぎるそれに閉じ込められてしまいそうで。

「…要ら、ない」

だから光希は、代わりにラヴィアダリスをきつく睨んだ。いいように自分を弄ぶ男に一矢でも報いてやりたくて、言葉のつぶてを投げ付ける。

「…僕は、お前なんか要らない…」

「っ……、あ…、…ああ、私のつがい、私の、私の私の、ああ、…あっ…」

「要らない奴に…、名前なんて絶対に教えてやらない…!」

光希の眦《まなじり》から涙が零れるのと、ラヴィアダリスが声にならない絶叫を迸《ほとばし》らせるのはほぼ同時だった。

咆哮《ほうこう》は切り裂いた空気をびりびりと振動させ、紗のベールを吹き飛ばす。にわかに開けた視界に高級ホテルの一室のような豪奢な室内が映ったのは、ものの数秒にも満たなかった。不可視の衝撃波と化した叫びは重厚なテーブルもソファも、分厚い本がぎっしり詰まった巨大な本棚さえもなぎ倒し、壁に叩き付け、粉砕していく。弾け飛んだ窓硝子の向こう側でとどろく雷鳴に、人々の悲痛な悲鳴が重なる。

廃墟と化した空間の中、無事なのは光希の捕らわれたベッドとその周辺だけだった。いや、これからはきっと無事では済まないだろう。縦に裂けた瞳孔は禍々しい光を放ち、光希を貫いているのだから。

「…そなたは…、私のつがいだ…」

絡み付く黄金の髪が、血涙に濡れた光希の四肢をぎりぎりと締め上げる。吐き気を催すほどの花の香りに、血の匂いが混じり合う。

「わかってくれるまで、何度でも注いでやろう。そなたが私のつがいである証を…」

「…い…、や、…嫌、嫌っ……」

自分と同じあの声が、首を振る光希に問いかける。どうして拒むのか。ラヴィアダリスは正しい。間違っているのは、光希の方なのに――と。

……違う、違うっ！

出逢ったばかりの男に…化け物に、こんな乱暴を働かれる覚えなど無い。愛しいつがいだと？　そんなこと、絶対にありえない。

光希は死に損ないの疫病神だ。自分も周囲も傷付けた末、電車に撥ねられて化け物に捕らわれるなんて、お似合いの末路ではないか。

「愛している…、私のつがい。愛している、愛している、愛している……」

どうか受け容れて。名を呼んで。

光希はきつく目を瞑《つぶ》り、壊れたように切々と哀願し続ける美しい化け物を視界から締め出した。眼差しを絡めていたら、頭の奥から湧き上がる声に屈服させられてしまいそうな気がして。

渇いた喉を、冷たい水が滑り落ちた。

「ん、…っ…」

もっと欲しくて身じろぐと、唇に柔らかな感触が落ちる。微笑みの気配に促されるがまま唇を開けば、再び水が流し込まれた。レモンの果汁を垂らした水はほんのりと甘く、からからの喉を潤してくれる。

「まだ欲しいか?」

笑みを含んだ問いに、夢現に頷く。

みたび与えられる水を無心に貪る間、背中を優しくさすられ、光希はうっとりとまぶたを震わせた。

……気持ちいい……。

何に怯えることも無く、ゆったり微睡《まどろ》むなんて生まれて初めてだ。頼り甲斐のある腕に抱かれ、温もりに包まれるのも。

唇に触れていた柔らかなものが離れていく。渇きはすっかり癒され、身体は内側からぽかぽかと暖かい。

眠りの沼に引き込まれそうになれば、好きなだけ眠れとばかりに頭を撫でられた。光希が目覚めるまで、この腕は何時間でも極上の揺り籠に徹してくれるだろう。

安堵と幸福に満たされて逞しい胸に顔を埋めると、懐《なつ》かしい香りが鼻腔をくすぐった。少しスパイシーな花の香り……どこだろう。どこで嗅いだんだっけ……？

「……っ…！」

がばっと跳ね起き、光希は凍り付いた。緋色、藍色。まっすぐ見下ろしてくる色違いの双眸は溢れんばかりの慈愛を湛え、荒々しさの欠片も無い。

けれど光希は知っているのだ。今は丸い瞳孔が縦に裂け、爛々《らんらん》と輝いていたことを。優しく労わってくれる手が容赦《ようしゃ》無く光希を押さえ付け、蹂躙したことを。まばゆい黄金の髪が生き物のようにうごめき、光希の自由を奪ったことも。

全部…、全部覚えている。忘れられるわけがない。

なのに何故光希は、この化け物…ラヴィアダリスの膝に乗せられ、抱擁《ほうよう》されているのだろう？

「…い、いっ、嫌だあぁぁ……っ！」

光沢のある絹地に包まれた胸を、渾身《こんしん》の力で突き飛ばした――そのつもりだった。だがラヴィアダリスは小さく首を傾げただけで、怖いくらい整った顔を寄せてくる。艶やかな長い髪を、さらさらと揺らして。

「どうした…？　嫌な夢でも見たのか？」

「ひぃっ…、く、来るな…、来るなぁ…っ！」

……もう嫌だ。いいように弄ばれ、犯されるなんて二度とごめんだ……！

わななく喉が叫びを迸らせた時、身体の中で何かが渦を巻いて弾けた。ばちばちばちぃっ、と目の前で咲いた火花はあたり一面に降り注ぎ、爆音をとどろかせる。床に敷き詰められた複雑な模様の絨毯《じゅうたん》はたちまち穴だらけになり、燃え上がり、焦げ臭い煙が室内に充満していく。

「…な…っ、な、何これ…っ…」

「――白の大魔術師様！　何事ですか⁉」

後方のドアが激しく叩かれ、応えも待たずに開かれた。駆け込んできたのは時代がかった鎧《よろい》で武装した男たちだ。その手に握られたものに、光希は目を瞠る。

……槍と、剣？

しかも彫りの深い顔立ちといい、青や緑の瞳といい、どう見ても日本人ではない。ラヴィアダリスはすっと腕を上げ、着物のようにゆったりと垂れる広袖で光希を隠す。

「…大事無い。下がれ」

「で、ですが…」

氷よりも冷たい声音は光希ですら竦み上がるほどだが、男たちは引き下がろうとしなかった。それも当然だろう。こうしている間にも火花は室内のあちこちで弾け、小さな稲《いな》妻《ずま》と化して豪奢な調度を打ち砕いているのだ。

「――下がれと言った。聞こえなかったのか？」

だが二度目の命令が下されるや、男たちは無言で踵を返した。がちゃがちゃという足音が、どんどん遠ざかっていく。

おとなしく命令に従った？　…いや、逃げたのだ。研ぎ澄まされた刃のような殺気を放つ、金色の化け物から。

「落ち着け。私の愛しいつがいよ」

同一人物とは思えぬほど慈愛深く囁き、ラヴィアダリスはそっと光希の手に己のそれを重ねる。大きな褐色の掌から伝わってくる温かい流れが、光希の中で暴れ狂う何かにゆっくりと混じり合う。

「あ、あぁ、あっ…」

「大丈夫だ。…ここにそなたを傷付ける者は居らぬ」

こんな時でなかったら、どの口がほざくのかと責め立てただろう。ラヴィアダリスこそが光希を苦しめる元凶だ。この男さえ消えてくれれば、今すぐ楽になれるはずなのに。

「…は…、あ、ああ、…あぁ…」

壊れそうな勢いで脈打っていた鼓動が鎮まり、体内の流れが安定するのに合わせ、ばちぱちと乱れ咲いていた火花も萎《しぼ》んでいった。やがて完全に火花が霧散すると、ラヴィアダリスは右腕に光希を抱いたまま、優雅に左腕を広げる。

ひるがえった広袖から一陣の風が吹き抜けるや、室内を舐めつくそうとしていた炎は一瞬で消え失せた。驚くべき変化はそれだけではない。絨毯も家具も、火花によって焼かれた全てが元の姿を取り戻していく。

……あの時と同じだ。

電車に撥ねられ、千切れ飛んだ光希の四肢を、ラヴィアダリスは瞬時に復元した。そして言ったのだ。ここは光希の在るべき世界ではない、共に二人だけの世界へ行こう…と。

あれはどういう意味だった？　そもそも何故、ラヴィアダリスは一度も会ったことの無い光希の前に現れ、救い出した？

――家電の類《たぐい》が一切無い、ここはどこなんだ？　さっきの男たちは？　あの火花は？

押し寄せる疑問にもみくちゃにされそうになる光希を、ラヴィアダリスは花の香りがする腕に囲い込む。震えるまぶたに、柔らかな唇が落とされた。

「…どうやら、そなたは人としては相当に強い魔力の主のようだ。今まで使われずに蓄積されていたものが、私の精を受けたことで一気に花開いたのだろう」

「…ま、魔力…？」

「我ら竜人のつがいたちの中でも、そなたほどの魔力に恵まれた者は居ない。…だからこそあの異界でも命を繋いでこられたのだと思えば、複雑ではあるが…」

ラヴィアダリスの言葉の意味が、まるで理解出来なかった。竜人だの魔力だの異界だの、何を言っているのだろう。それではまるで…。

「……ここは、そなたの生まれ育った世界ではない」

当たって欲しくなかった予想を、ラヴィアダリスは肯定した。小刻みに震える身体を抱き締める腕に、きつく力を込める。

「…じゃあ…、どこだっていうんだよ…」

「ラゴルト王国。我ら竜人が守護する国であり…そなたの生まれ故郷とは、世界を異にする国でもある」

「世界を…、異に…？」

くらりと眩暈《めまい》に襲われた瞬間、顔の横で火花が弾ける。

光希は息を呑むが、ラヴィアダリスに背中を撫でられるや、体内で暴れかけていたものはみるまに鎮まっていった。身体の奥深くに滔々《とうとう》と流れる金色の大河が、ラヴィアダリスの言う魔力なのだろうか。…こんなもの、今まで一度も感じたことは無かったのに。

「そしてそなたは、竜人…大魔術師たる私の、唯一無二のつがい。生まれた時から共に在るべきだった、魂の伴侶なのだ」

懇願の色を湛えた色違いの双眸が、荒い息を吐く光希をまっすぐに捕らえた。

「――ことの始まりは、五百年以上前にさかのぼる」

金糸の織り込まれたシーツの上。三十センチほど離れた向かい側に座したラヴィアダリスの話に、光希はクッションを抱え、じっと耳を傾ける。

密着したままでは落ち着いて話が聞けないと主張する光希と、一秒たりとも離せないと反論するラヴィアダリスが互いに妥協した結果だ。本当はもっと離れたかったのだが、しつこく抵抗すればまたあの長い髪に拘束されてしまいそうで諦めた。

「我が祖たる黄金竜が、このラゴルト王国に降り立った。長年探し続けたつがいの気配を感じ取ったのだ」

人間以外にも数多《あまた》の知恵ある種族が生きるこの世界において、天空の支配者たる竜族は別格の存在だった。強大すぎる魔力が影響を及ぼすことを恐れ、人の世には滅多に舞い降りようとしない。

人型を取れば絶世の美男美女となり、寿命は数千年にも及び、食物を口にしなくとも大気中の魔力を取り込むだけで生きていける。何もかもに恵まれた彼らの欠点らしい欠点と言えば、つがいにしか発情せず、子も生せないことだろう。

つがい。欠けた魂を補い、満たす唯一絶対の存在。同じ竜族であるとは限らず、生まれる場所も時代も様々なつがいと巡り会える確率は竜族の魔力をもってしても低く、その気配すら感じ取れないまま絶望のうちに生涯を閉じる者がほとんどだという。

竜族の長であり、神の代弁者とも謳《うた》われる黄金竜さえ例外ではなかったのだが――。

「この世界の王族はいにしえの魔術王国の末裔《まつえい》たちで、たいていが秘伝の魔術を受け継いでいる。ラゴルトの王族のそれは召喚術《しょうかんじゅつ》だった。条件を指定し、異なる世界から知恵ある者を呼び出す魔術だ」

当時のラゴルト王国は度重なる魔物の襲撃に悩まされており、魔物の首領たる魔王を討《とう》伐《ばつ》させるため、異界から聖女を召喚した。その聖女こそが、黄金竜のつがいだったのだ。

ラゴルト軍の精鋭が束になっても太刀打ち出来なかった魔王は、黄金竜が降らせた雷撃によってやすやすと倒された。その勇姿に魅せられた異界の聖女は黄金竜の求婚を受け容れ、数人の子をもうける。

竜族と人間の血を半分ずつ受け継ぐ子ども――竜人のために、黄金竜はラゴルト王国にある盟約を持ちかけた。竜人たちとこれから生まれるであろう彼らの子孫は、その魔力でもって王国を守護すること。その代償として王国は竜人たちの身分を保障し、彼らの伴侶たるつがいが異界に生まれた場合、こちらの世界に召喚することだ。

竜人たちにとって、つがいは純粋な竜族以上に必要不可欠な存在である。竜の血を引く彼らは人間と隔絶した魔力と強靱《きょうじん》な肉体、そして長い寿命を誇るが、人間の血も引くがゆえに竜の魔力を制御しきれず、常に暴走の可能性を抱えているためだ。

暴走した竜人を鎮められるのは、そのつがいだけ。黄金竜なら力尽くで制圧も可能だが、神に近い存在である黄金竜は人の世への干渉を厳しく制限されている。魔王を倒したのも、盟約を持ちかけたのも、つがいを得るため例外的に許されたに過ぎない。

当時のラゴルト王は、黄金竜の申し出を二つ返事で受けたという。何代かに一度召喚術を行使《こうし》するだけで竜人の庇護が受けられるのだから、当然だろう。

そうして盟約は成り、以後五百年の間、ラゴルト王国は竜人たちのために召喚術を行使してきた。と言っても、実際に召喚の儀式が行われたのは二回だけ。竜人とそのつがいがもうける子どもは長い寿命で多くても二人程度であり、つがいが同じ世界に生まれる場合の方が多かったからだ。

「そして十七年前…三度目の儀式が、私のために行われるはずだった。つがいをこの腕に抱く瞬間を、待ちわびていたのに…」

淡々と語っていたラヴィアダリスの髪が、風も無いのに舞い上がる。びくりとクッションを抱き締めながら、光希は嫌な予感がぞわぞわと這い上がってくるのを感じた。…十七年前は、光希の生まれた年だ。

これ以上聞きたくない。聞いてしまえば、もう取り返しがつかなくなってしまう。

だが逃げ出すのはおろか、耳をふさぐことさえラヴィアダリスは許さないだろう。もし逃げる素振りでも見せればたちまちあの髪が絡み付き、腕の中に捕らわれてしまうに違いない。

「……儀式は行われなかった。魔宝玉の魔力が、使い果たされてしまったせいで……」

魔宝玉は莫大な魔力を溜めておけるこの世で唯一の宝玉であり、魔術王国の遺産だという。代々の王族は大量の魔力が必要とされる召喚の儀式に備え、魔宝玉に魔力を注いできた。十七年前、ラヴィアダリスのつがいを召喚するために用いられるはずだった魔力を使い果たした大罪人……こともあろうにそれは現国王マンフレートの正妃、アレクシアだったのである。

召喚の儀式が行われる少し前、アレクシアは長子のフロリアンを産み落としていた。長らく子に恵まれなかった国王夫妻にとって、待望の第一王子である。

王国の守護者たる大魔術師のつがいの召喚と、世継ぎの出生。めでたいこと続きの王宮は歓喜に沸いたが、数刻も経たぬうちに失意のどん底に突き落とされた。フロリアンが『魔無し』だったせいだ。

多かれ少なかれ、この世界に生まれ出でる者は魔力を有している。大気に満ちる魔力は神の息吹《いぶき》と呼ばれているが、体内に魔力を持たない者はこの神の息吹に蝕《むしば》まれ、成長出来ずに死んでしまう。

ラゴルト王国において、『魔無し』と呼ばれる彼らは神の祝福を得られなかった不吉の象徴とされて忌み嫌われる。特に魔力を重視する王侯貴族では産声《うぶごえ》を上げてすぐに殺し、出生の事実すら隠蔽《いんぺい》するほどだ。

フロリアンもまた存在ごと闇に葬《ほうむ》られる運命だったが、アレクシアがマンフレート王に泣いて縋ったため、どうにか殺されずに済んだ。しかしフロリアンは、そのままでは神の息吹に蝕まれ、一年も経たずに命を落としてしまうだろう。

アレクシアは追い詰められ……閃いた。体内に魔力が無いせいで絶命するのなら、上質な魔力を大量に注いでやれば生き延びられるのではないか？　そう、代々の王族が魔宝玉に注ぎ込んだ魔力なら、あるいは……。

悪魔の誘惑を、アレクシアは振り払えなかった。王妃の権力を駆使して魔宝玉を盗み出させ、蓄えられていた魔力をフロリアンに注ぎ込んだのだ。

するといつ死んでもおかしくなかったフロリアンはみるまに回復し、初めて笑顔を見せたという。アレクシアは狂喜したが、その代償はあまりに大きかった。魔宝玉の魔力を私欲のために使うのは、王国の繁栄を守護してきたラヴィアダリスたち大魔術師に弓引くも同然の大罪である。

王妃という至高の身分にもかかわらず、アレクシアは捕らわれた翌日に斬首された。アレクシアに与《くみ》した者たちは拷問の末に公開処刑され、一族郎党に至るまで根絶やしにされてしまうが…失われた魔力は戻らない。

「召喚の儀式は延期され…狂気に陥った私は、同胞の手によって幽宮に閉じ込められた」

幽宮は、ラヴィアダリス以外の大魔術師たちが全力を注ぎ込んだ結界が張られた堅牢な監獄である。だがラヴィアダリスは最年少にして、黄金竜の先祖返りと謳われるほどの魔力の主だ。大魔術師たちの結界も、そう長くは持たない。一刻も早く召喚の儀式を行い、つがいにラヴィアダリスを鎮めてもらわなければならなかった。

マンフレート王は勿論《もちろん》、僅かでも王家の血を引く者は日夜限界まで魔宝玉に魔力を注ぎ続けた。…彼らの努力が実ったのは十七年後。ラヴィアダリスは儀式によって開かれた異界への門に飛び込み――。

「…ようやく見付けたそなたは、命を落とす寸前だった」

「…あ……っ…！」

光希ははっと目を見開いた。では電車に撥ねられたまさにあの瞬間、召喚の儀式が行われ、渡ってきたラヴィアダリスに救われたということなのか。ラヴィアダリスの出現があと少しでも遅かったら、光希は死んでいたに違いない。

「……何で、助けたんだよ」

自分を犯した相手であり命の恩人でもある男を、光希は憎悪も露わに睨み付けた。じりじりと後ずさり、絶句するラヴィアダリスから距離を取る。

「死んだって良かったのに。……死にたかったのに」

「…っ……」

「今まで、生きてたって何もいいことなんか無かった。…痛くて苦しくて、寂しいだけだった。やっと解放されると思ったら、お前みたいな化け物に捕まって…こんな目に遭うくらいなら、死んだほうがましだったんだ……！」

……どうして……どうして。

今まで呑み込んできた…呑み込まざるを得なかった負の感情が心をどす黒く染め上げ、どろどろと渦を巻く。…これは八つ当たりだ。光希が味わってきた不運に、ラヴィアダリスは関係無い。微かな理性の声は、激情の炎に焼き尽くされていく。

……どうして、お前がそんな顔するんだよ。傷付けられたのは僕の方なのに…まるで、お前の方が傷付いてるみたいな……。

「――すまない」

震える声が紡がれた次の瞬間、光希は凍り付いた。ラヴィアダリスが床に下り、おもむろに額ずいたのだ。誰に対しても頭を下げたことなど無かっただろう気高い男が、何の躊躇《ためら》いも無く…。

「そなたがこれまで苦しまなければならなかったのは、私のせいだ」

「…な…、に…？」

「そなたは私のつがい。…本来ならば、生まれ落ちてすぐ我が手に…こちら側の世界に招かれるべき存在だったにもかかわらず、儀式の延期により元の世界に取り残された。元の世界がこちら側に在るべきそなたを異物と見做し、排除しようとした結果、そなたは命を脅かされ続けることになってしまった…」

「何…、だって…？」

ひくり、と喉が震えた。

…では全部、光希が元の世界に留まっていたせいだというのか？　両親が事故死したのも、引き取ってくれた親族たちが次々と亡くなったのも、関わる者たちまでもが被害を受けたのも…死に損ないの疫病神と疎まれたのも、全部？

「…そんなの…、信じられるわけがない…」

「……我がつがいよ……」

「信じられない…、信じない、信じない…！」

ラヴィアダリスが光希に嘘を吐くことはありえない。本能は正しく理解していたが、信じたくなかった。だって…ラヴィアダリスの言葉が真実なら、両親たちは元の世界が光希を排除しようとした巻き添えになって死んだということではないか。

「…真実だ。我がつがいよ」

やおら身を起こし、ラヴィアダリスはサイドテーブルの水差しを指さした。巻き上げられた水は透明な蛇のように宙を這い、光希の前でくるりと回転すると、一枚の大きな鏡と化す。

映し出されたのは、青みがかった銀髪の少年だった。驚愕に見開かれた藍色の双眸はどこまでも清らかに澄み、ふっくらとした唇は艶《つや》やかで、薔薇《ばら》色の頬は思わず触れてみたくなるほど白く柔らかそうだ。甘さと儚《はかな》さが絶妙な均衡を保つ小さな顔に、色濃く残る疲労の跡がひとはけのなまめかしさを滲ませている。

地上に舞い降りた天使。

ほっそりとした背中に白い翼が無くても、着ているのが白一色のシンプルな寝間着でも、誰もがそう賛美を惜しまないだろう。

「…誰…？」

呆然と呟けば、誰、と鏡の中で咲《さ》き初《ぞ》めの花びらを思わせる唇が揺らめいた。宙に浮かぶ鏡に触れる。ひらひらと手を振る。光希の動きを、初めて見る少年はそっくりなぞっていく。

「それがそなたの真の姿だ。私がここに連れ帰った時には、その姿に戻っていた」

「そんなっ…」

ありえないと否定しかけ、光希は言葉を呑み込んだ。ラヴィアダリスに犯されている間、視界の端にちらつく己の手足が妙に白かったのを思い出してしまったのだ。

……あの時にはもう、この姿になっていた……？

「そなたは人間としては破格の魔力を有している。元の世界に取り残されたそなたは無意識に魔力を操り、平凡な姿に偽ったのだろう。…その姿では低俗な人間の邪心を煽り、いっそう追い詰められていたであろうからな」

悔しいが、ラヴィアダリスの言い分は正しいのだろう。見る者の心を掴み、騒がせずにはいられないこの美貌だ。もしこんな姿だったら、死に損ないの疫病神でも手に入れたいと渇望する者たちに奪い合われ、どんな目に遭わされていたかわからない。

大勢に寄ってたかって凌辱され、痛め付けられる自分を想像し、光希は愕然《がくぜん》とした。この見慣れぬ姿が自分のものであると、無意識に認め始めていることに気付いてしまったからだ。

それでも——。

「…我がつがい？　どこへ行く？」

よろめきながら床に下り、ふらふらと歩き出した光希に、ラヴィアダリスは慌てて追い縋る。足首を掴もうとした手を無造作に蹴りつけ、光希は頬を引き攣らせた。避けられると思ったのに、ラヴィアダリスが甘んじて蹴りを受けたせいだ。

「……帰るんだ、よ」

吐き捨てたとたん、ずきんと心臓が痛んだ。…やめて。ラヴィアダリスを虐《いじ》めないで。自分と同じ声が頭の奥でたどたどしく哀願する。

……どうして拒むの？　ラヴィアダリスはつがいなのに。ずっとずっと、逢いたかったのに。

「煩い……っ！」

ぶんぶんと首を振り、耳鳴りめいた囁きを振り払う。心配そうに見上げてくる色違いの双眸が気色悪くて、光希は床に投げ出された褐色の手を踏みにじる。

「僕は帰る。…こんなところ、居たくない」

「…そなたの居場所はここだ」

「お前の傍になんて、居られるものか…！」

叫ぶのと同時に、金色の雷《いかずち》が迸った。身の内から急速に熱が失われ、視界がぼやけ始める。全身の力が抜け、脚ががくがくと震えだす。…もう、立っていられない。

室内を埋め尽くさんばかりの雷に、魔力を喰われているせいだ。体内の魔力が急激に失われれば、神の息吹に蝕まれ、身体は弱っていく。このままでは光希とて無事では済まないと、わかっているのに止められない。ごうごうと荒れ狂う体内の大河……こんなもの、どうやって制御すればいい？

助けて――誰か、助けて。

ぽたりと涙の滲んだ絨毯を、光希はかきむしった。…助けなんて来るわけがない。今までもそうだった。不運に見舞われ続ける光希から誰もが距離を置き、手を差し伸べようとはしなかったのに。

無数の雷が降り注ぐ中、誰も助けに来るわけが……。

「――我が、つがいよ」

倒れ込みそうになる身体に、長い腕がするりと絡み付いた。きつく抱きすくめられた背中から温かな魔力が流れ込むのを感じ、光希はほとんど力の入らない手でラヴィアダリスを振り解こうとするが、広袖に包まれた腕はびくともしない。

「…こんな時、そなたの名を呼んで安堵させてやればどんなに良いか…」

「…う…、…あっ…」

「全て私のせいだ。…私を恨め、憎め、詰ってくれ。そなたが私をその瞳に映してくれるのなら、私はどんなことでもしてみせる…」

流れ込む濃厚な極上の魔力が、暴れていた大河を鎮めていく。放出し続けていた魔力は止まり、雷もぴたりと収まった。嘘のように静まり返った部屋の中、光希は大きく啜り上げる。

「…何で…、どうしてなんだよ…っ…」

嫌なのに。気持ち悪くて憎くてたまらないのに…どうしてラヴィアダリスの腕の中は、こんなにも心地良い？

……そんなの、決まってるじゃない。

深い闇に落ちゆく頭の奥で、自分と同じ声が誇らしげに告げる。

……ラヴィアダリスが、僕のつがいだからだよ。


泥のような眠りから覚醒した時、最初に目覚めたのとは違う部屋に寝かされていた。

高級ホテルを思わせたあの部屋と違い、こちらは幾何学模様の絨毯といい、敷き詰められたカラフルなクッションや透かし彫りの施された座卓といい、どこかアジアの雰囲気を感じさせる。微かに漂うラヴィアダリスの残り香が、しっくりと調和していた。

広いベッドに、ラヴィアダリスの姿は無い。光希はほっと息を吐き、天蓋から垂れ下がる紫色のベールをかき分ける。

「…あ……」

外に出るや、窓から差し込む朝日がまぶたを刺した。

ずいぶん長い間、陽の光を浴びていなかった気がする。ふらふらと窓辺に引き寄せられ、花々が繊細に彫り込まれた窓枠越しに外を眺める。

「……綺麗……」

見渡す限り広がる紺碧《こんぺき》の水面《みなも》が、朝日を受けてきらきらと輝いていた。乳白色の深い霧に覆われた向こう岸はぼんやりと霞み、どこか神秘的な空気を醸《かも》し出している。

吹き渡る風は新緑と清らかな水の気配を含み、ささくれだった心も身体の疲労さえも浄化してくれそうだ。窓枠を掴み、飽かずに水面を眺めているうちに、光希は小さな違和感を覚える。

……どうして、こんなに静かなんだろう？

これだけ自然豊かな場所なのだ。森に住まう鳥や獣たちの鳴き声が聞こえてもいいはずなのに、生き物の気配すら感じない。水面にじっと目を凝らしても、魚の影一つ見付からなかった。

好ましかったはずの涼風に、薄物の寝間着を纏ったきりの肌が粟立つ。とっさに後ずさった脚がもつれ、ぐらりと身体が揺らいだ。

「あ……っ！」

後ろ向きに倒れそうになった瞬間、鼻先にあの花の香りがたちのぼった。危な気無く光希を抱きとめ、色違いの双眸で見下ろしているのは…ラヴィアダリスだ。きらめく黄金の髪をなびかせ、黒一色の衣装に身を包んだ姿は、沈痛な面持ちでもなお気高く威厳に満ちている。

「……、お前……」

どうやってここに、とは思わない。むしろ納得してしまった。この化け物が、僅かな時間でも光希を一人にするわけがないと。

雷に焼かれた部屋すら腕の一振りで復元してみせたラヴィアダリスのことだ。姿を消して潜むくらい、容易いだろう。…だからと言って、受け容れられるわけではないが。

「気分はどうだ？」

問いかけを黙殺し、周囲を見回す。

青いモザイクタイルが一面に埋め込まれた壁には、幾つかの扉があった。一番近くの扉に向かって歩き出した光希に、ラヴィアダリスは足音もたてずに付いて来る。

「ずっと眠っていたから心配した。どこか痛むところは無いか？　魔力の流れは？」

「………」

「喉は渇かないか？　何か食べたいものは？　今のそなたであれば、十日眠っていた程度では何の影響も無いだろうが…」

「……何？」

足を止めてすぐ、光希は後悔した。ひたすら光希の機嫌を窺っていたラヴィアダリスの顔が、砂漠でオアシスを見付けた旅人のように輝いたからだ。再び無視してやりたくなるが、疑問をぶつける相手はこの化け物しか居ない。

「…僕は、十日も寝ていたのか…？」

「ああ、そうだ。初めて魔力を大量に行使したので、身体が休息を求めたのだろう。もう魔力は馴染んだから、こんなことは二度と無いはずだ」

だから安心するがいいとラヴィアダリスは微笑むが、光希が知りたいのはそんなことではない。

「十日間も飲まず食わずで…、どうして僕は生きている…?」

普通の人間なら衰弱し、とてもまともには動けないだろう。それ以前に、十日もの間一度も目覚めずに眠り続けるなんて、麻酔でも使わない限り不可能のはずだ。

なのに光希は生きている。弱るどころか、これほど身体が軽いのは初めてだ。今ならどんな災難に見舞われたって、軽くかわせそうな気さえする。

「当然であろう。そなたは我がつがい…私の精を受けた今、そなたは人間でありながら人間の枠を超えた存在なのだ。飲食などせずとも、魔力の交換だけで生きていける」

「…魔力の、…交換…」

それがあの行為を――一滴残らず精を吸われ、代わりに腹が膨れ上がるほどラヴィアダリスの精液を注がれることを示すのはすぐにわかった。

大人の男の硬く大きな掌に導かれ、経験した初めての射精。精通と同時に蕾を散らされ、空っぽだった腹《はら》を孕まされる、あの、圧倒的な快感…。

……もう、一度……。

「…、く…っ…!」

伸ばしかけた手を握り込み、光希はモザイク模様の扉を蹴り開けた。自分で自分が信じられない。こともあろうに、ラヴィアダリスに…あの化け物の胸に、しなだれかかろうとしていたなんて。

……どうして？　どうして、どうして、どうして？

飛び出した先は、あちこちうねりながら続く長い回廊だった。色とりどりのタイルで花園が描かれた白壁や、黄金の蔓草《つるくさ》が複雑な模様を作り出すドーム状の高い天井《てんじょう》は荘厳な空気に満ち、どこか中東の宮殿や礼拝堂を思わせる。

だが、見事な装飾に感嘆する余裕など無かった。走っても走っても、髪を掻きむしってもやまない。自分と同じ声が付いて来る。頭の奥に鳴り響く。

……どうしてラヴィアダリスから離れるの？　どうして抱いてもらわないの？

「煩い、…煩い、煩い、煩い…っ！」

認められるわけがない。ラヴィアダリスがつがいだなんて。…今まで味わわされてきた苦痛が、あの化け物に出会うためだったなんて。

――召喚の儀式が予定通りに行われていれば良かったのか？

ふと浮かんだ疑問に、走りながらぶんぶんと首を振る。生まれたての赤ん坊の頃からラヴィアダリスに育てられ、あの強すぎる愛情と欲望を注がれ続けたら…想像だけでぞっとする。

ラヴィアダリスなんて居なければ良かったのだ。そうすれば光希はつがいなどではなくなり、元の世界から排除されずに済んだ。今頃、両親と一緒に平凡ながらも幸せな生活を送っていたかもしれないのだ。死に損ないの疫病神と、誰にも詰られずに。

「全部…、あいつのせいじゃないか…」

ラヴィアダリスのところに戻ろう。ラヴィアダリスに可愛がってもらおう。駄々をこねる声を、光希は拒み続ける。その声に従ってしまいたい自分に、気付かないふりをして。

「あいつが悪いんだ…、あいつが、…あの、化け物がっ…」

全力で疾走し続けているのに、ラヴィアダリスの気配を振り切れない。あの花の香りが纏わり付いてくる。その気になれば光希などすぐに捕まえられるくせに、敢えて逃がしているのだ。光希がそう望んだから。

——そなたが私をその瞳に映してくれるのなら、私はどんなことでもしてみせる…。

馬鹿げている。光希の望みは誰も傷付けず、何からも傷付けられない平穏な暮らしだけだ。…ラヴィアダリスには、絶対に与えられないものだ。

「はあっ…、…はあっ、はっ……」

熱い塊が喉奥からせり上がってくるのを感じ、光希は目に付いた部屋に飛び込んだ。後ろ手で扉を閉めながら、ずるずると床に座り込む。純白のワンピースのような寝間着から覗くすらりとした脚は小刻みに震え、心臓は激しく脈打っている。少し息を整えなければ走り出せそうにない。

「…どこにも、…行く場所なんて、無いけど…」

艶やかな銀色の髪を掬い上げ、光希は皮肉な笑みを浮かべる。仮に元の世界へ帰れたとしても、施設には戻れないだろう。…本当はもう、わかっているのだ。別人と成り果ててしまったこの自分を、一之瀬光希だと気付いてくれる人など居ない。どこにも居場所は無いのだと。

……ラヴィアダリスが、居るよ。

性懲《しょうこ》りも無くうそぶく声音が花の香りと混じり合い、すさんだ心に染み込む。

……ラヴィアダリスなら、どんな僕だって受け容れてくれる。どんなお願いだって聞いてくれる。

「…本当に…？」

「……ああ。本当だとも」

褐色の手におとがいを掬い上げられ、優しく口付けられても、光希は驚かなかった。最初からわかっていたのだ。ラヴィアダリスがずっと傍に居たことくらい。…その色違いの双眸が、光希を捕らえ続けていたことくらい。

「幽宮に閉じ込められ、狂気に囚われている間もずっと考え続けていた。そなたを得られたなら、望むこと全てを叶えてやろうと」

「…あ…、…ぁっ…」

「我らに食事は必要無いが、味を楽しむことは出来る。…そなたの好物は何だ？」

光希を広袖で包み込むように抱き上げ、ラヴィアダリスは色違いの双眸をしばたたく。部屋の中央に置かれた黄金細工の座卓を、湯気をたてる料理の皿が埋め尽くした。初めて見るものばかりだが、美味しそうな匂いが食欲をそそる。

「好きな色は？　好みの衣装は？　宝石は？」

目にも鮮やかな染めの布地、細やかな細工の施された靴、光希の拳よりも大きな色とりどりの宝玉。虚空に現れては積み上げられていく品々は、施設暮らしの光希さえそうとわかるほど高価なものばかりだった。今の光希の容姿なら、着飾ればさぞ映えるだろう。

「調度は？　設えは？」

青、紫、橙、赤。瞬きするごとに室内の装飾の基調色が切り替わり、調度類もそれらに相応しいものに変化を遂げていく。変わらないのは、光希を愛おしそうに見詰める色違いの双眸だけだ。

「教えてくれ。そなたは何を好み、何を厭《いと》うのか」

「ふ…、…んっ…」

「そなたの全てが知りたい。…そなたの色に染まりたいのだ」

まぶたに押し当てられた唇が鼻筋を辿り、唇に辿り着く。ねだるように食まれ、僅かに開いてしまった隙間から、ぬるついた舌が入り込んでくる。

——やめろ、やめてくれ…っ…！

拒絶の悲鳴は、頭の奥に鳴り響く歓声に打ち消された。

ラヴィアダリス、ラヴィアダリス。内なる歓呼に搦めとられた手が絹糸よりもなめらかな黄金の髪を梳きやり、詰襟から僅かに覗く褐色の項を引き寄せる。不慣れなのにやたら艶めいた仕草に、男はごくりと喉を上下させる。

「ん…、んぅ……」

重なり合った唇の甘さに、脳が溶けてしまいそうだった。濃厚な花の香りを吸い込むだけで、薄い下着の中の性器は光希を裏切り、あっさりと熱を帯びる。ラヴィアダリスに犯されて初めて絶頂を知ったそこは、あの目も眩むほどの快感を求め、涙を流している。

もじ、と物欲しそうに内腿を擦り合わせたのが合図だった。

「……私の、つがい」

ラヴィアダリスは色違いの双眸を蕩かせ、唇を離した。傍にあった大人が数人はくつろげそうな大きさのクッションに光希ごと身を沈め、寝間着の裾から手を差し入れる。

「あ、…んっ…」

「私の…、私の、つがい…っ…」

太股を撫で上げられるだけで甘く鳴き、しなやかな脚をびくびくと震わせる。嫌になるくらい感じやすい身体に、ラヴィアダリスは歓喜する。

「…十七年の間…、そなただけを思っていた…」

「ひ…ぁっ、あぁ、あっ…」

「そなたの瞳、そなたの唇、そなたの指、そなたの声、そなたの匂い…そなたの…、そなたを構成する、全てを…」

穿いた覚えの無い下着は、長い指になぞられただけで消え去った。現れた性器は、空気に晒される前に褐色の掌に覆い隠される。待ちわびた男の手の感触に、ラヴィアダリスの腕の中、光希は背筋をのけ反らせた。

「あ…っ、あ、ああっ…」

「そなたはどのように笑うのか。怒るのか。悲しむのか。喜ぶのか。拗《す》ねるのか…幾度も思い描いた。眠れるまで、幾度も。…だが…」

びくつく項に口付けを散らしながら、ラヴィアダリスは股間の指をうごめかせる。精通したばかりのいとけない肉茎をいたわり、あやすように…淫靡《いんび》な快楽の世界に、引きずり込むかのように。

「私の妄想など、本物のそなたの足元にも及ばない。…つがいとはこんなにも可愛くて…愛おしくてたまらない存在だったのか……あぁ……」

「…っ、あ、や…っ、あっ」

「可愛い可愛い可愛い、愛しい愛しい愛しい……、…私の、つがい…」

――いっそ、喰らってしまおうか。

情欲混じりの吐息と共に吹き込まれた囁きは、睦言《むつごと》にしては獰猛すぎ、冗談にしては重すぎた。どろついた陶酔に呑まれかけていた光希が、ぶるりと身震いしてしまうほどに。

「や…ぁ、…食べない、で…」

「……喰らっては、駄目か？」

甘ったるい懇願に、色違いの双眸が蕩けた。丸い瞳孔が縦に裂けかけては戻り、戻っては裂けるのを繰り返す。つがいを慈しみ守る深く一途な愛情と、喰らって我が物にしたい衝動。どちらも竜人の本能だ。

「私は、心配でならぬのだ。…そなたが再び失われてしまわないか、目を離した隙にさらわれてしまわないか、消えてしまわないか…」

「あ…、んっ、あぁ、あ…」

「いっそ喰らってしまえば、憂《うれ》いは消えてなくなる。二度と、離れずに済む……」

ぐちゅぐちゅと未熟な肉茎を揉みしだく水音は、獣が獲物を咀嚼《そしゃく》する音によく似ていた。押し寄せる圧倒的な快感。…あるいは、そそのかされているのだろうか。こうやって喰らうのだと。つがいに喰われることは何も恐ろしくない…快楽そのものなのだと。

可哀想、と頭の奥で同じ声が呟いた。ラヴィアダリスは可哀想。こんなに飢えて、こんなに思い詰めて。

……僕のせいだ。

甘美な罪悪感が、ひたひたと胸の奥に打ち寄せる。

……僕のせいで、ラヴィアダリスは……。

「…どこにも…、行かない…」

幼い肉茎から容赦無く快楽を引きずり出す腕に、光希は広袖越しに抱き付いた。上気した頬を、愛おしそうに擦り寄せながら。

「ずっとここに居るから…、食べないで…」

喰われてしまったら、こうして触れ合うことも、互いの温もりを感じることも出来なくなってしまう。…やっと出逢えたのに、そんなのは嫌だ。今まで離れ離れだった分も抱き締めて欲しい。甘やかして欲しいのに。

声にならない願いは、確かにラヴィアダリスに届いた。

「…ああ…っ、あぁ、…私の、…私のつがい、私の、私の、私の……っ」

狂おしい咆哮が迸った直後、くるりと視界が回った。クッションに押し倒した光希の脚を性急に押し開き、ラヴィアダリスは濡れた性器にしゃぶりつく。

「——あぁぁ……っ！」

じゅうっと強く吸い上げられた瞬間、かすんだ視界に小さな火花がいくつも弾けた。

また魔力を暴走させてしまったのか。脳裏をかすめた不安はすぐさま拭い取られた。ぎらぎらと光希を貫く、色違いの双眸によって。

「……ひ、……ぃっ!?」

縦に裂けたまま戻らない瞳孔が、手放しかけていた理性を呼び覚ます。何で、何故、どうして。快楽に溶けた頭を、疑問ばかりが埋め尽くしていく。

……どうして僕は、またこの化け物に犯されているんだ？

考えるまでもない。光希が誘ったからだ。どこにも行かない、ずっとここに居るから食べないでと抱き付いた。

わからないのは、そんな行為に及んだ自分自身だ。化け物に犯されるなんて二度とごめんだと…それくらいなら死んだ方がましだと思っていたはずなのに。

――何かが、居る。

快感を追って悶《もだ》える白い肌が、ぞくりと粟立った。

自分の中に、何かが居る。光希の意志を無視し、ひたむきにラヴィアダリスを求める何かが、光希を操っている。

……誰だ？　お前は誰なんだ？

「あ、あん…っ、…やあ、あっ…」

意志とは裏腹に漏れ続ける喘ぎに、くすり、と小さな笑みが混じった。

……わかってるくせに。

「あっ、あああっ、あぁ…っ、あっ……」

いやいやと首を振っても、力の入らない足で蹴り付けても、まっすぐすぎる眼差しは離れない。不可視の縄と化し、光希の全身を縛り上げる。お前の居場所はここしか無いと知らしめるように。

ぶるりと震える光希の腰を、ラヴィアダリスが逃さないとばかりに抱え込んだ。熱い口内に根元まで覆われ、敏感なくびれに軽く歯を立てられれば、もう堪え切れない。全身を渦巻く熱の奔流《ほんりゅう》が、すさまじい勢いで溢れ出る。

……僕は、僕自身だって。

「あっ！　…あっ、あ、あ――――……！」

聞きたくなかった答えに耳をふさぐことも出来ず、光希はみっともなく脚を開いたまま、ただ涙を流した。

――ラヴィアダリスがつがいだなんて認めない。絶対、ここを逃げ出してみせる。

そう固く決意していた光希だが、十日も経たぬうちに悟ってしまった。ここから逃げ出すのは不可能に等しいと。

「…、……」

零れ落ちそうになった溜息を噛み殺し、光希は抱え込んだ膝の上に顎を乗せた。視界いっぱいに広がる湖面は今日もさざ波すら立たず穏やかで、生物の気配の代わりに陽光に温められた水の匂いだけを漂わせている。

そう、湖だ。光希がラヴィアダリスに連れて来られたのは、巨大な湖の中央にぽつんと浮かぶ小島——そこに建てられた宮殿だった。

小島と言っても、光希の育った施設の敷地のゆうに十倍はあるだろう。幾つもの小尖塔に囲まれ、四季の花々が狂い咲きする花園を抱える宮殿にいたっては、施設の個室の何百倍になるのかもわからない。

百以上ある部屋の全てが光希のものなのだと、ラヴィアダリスは笑顔で断言した。光希の好みがわからなかったから、少しずつ内装を変えて用意したのだと。

衣装や装飾品を収納する専用の部屋は、すでに数えるのも馬鹿らしくなるほどの衣服に埋め尽くされていた。当座の分だとラヴィアダリスはほざいていたが、日に何度も着替えたって、全てを纏うには数年以上かかるだろう。

宮殿内に、光希が入ってはいけない場所は無い。宮殿を囲む湖のほとりさえ、自由に散策を許された。逃亡の可能性などまるで考慮されていない。

それもそのはず。壮大な宮殿を懐《ふところ》に抱く湖には、一つの橋も架かっていないのだ。ぐるりと一周してみたらかろうじて小さな船着き場を見付けたが、船は係留されていなかった。竜の血を引く大魔術師だというラヴィアダリスと違い、ただの人間に過ぎない光希に、この島から対岸に渡るすべは無いということだ。

船着き場があるのだから、外部との接触が皆無《かいむ》というわけではないのだろう。しかしいつ訪れるかもわからない来客を待ち、その船に潜んで湖を渡るというのはあまりに現実性に乏《とぼ》しい。

…いや、対岸に渡ろうと思えばすぐに渡れるのだ。この男に願いさえすれば…。

「少し風が出て来たな。寒くないか？　我がつがいよ」

僅かに視線を向けただけで、じっと背後に控えていたラヴィアダリスは歓喜に美貌を蕩かせた。包み込もうとする黒い広袖から、光希はふいっと顔を背ける。

「今日は朝から何も口にしていないだろう。せめて甘いものでも飲んだらどうだ」

まるで堪えた様子も無いラヴィアダリスの掌に、忽然とマグカップが出現する。白磁に薔薇の花を描いたそれには、温かいココアがなみなみと注がれていた。施設ではあまり食べられなかったが、甘いものは大好物だ。かぐわしいチョコレートの匂いの誘惑を振り払い、光希は無言で立ち上がる。

「そなたの好きな菓子も、軽食もあるぞ。そなたは我がもとに来てまだ間も無いゆえ、しばらくはきちんと食事を取った方が良い」

水辺に沿って歩き出した光希を、ラヴィアダリスは浮き浮きと追いかける。その手には菓子や軽くつまめる食事の盛られた皿が次々と現れては消えた。十日の間ろくに言葉も交わしていないのに、光希の好物ばかりなのが恐ろしい。

「食欲が湧かないのなら、部屋で本でも読むか？　書庫には大陸じゅうの書物を集めてある。そなたが気に入るものもきっとあるはずだ」

懸命《けんめい》に話しかけても一言の応えも無いのは、今日に始まったことではない。この十日というもの、光希はラヴィアダリスをほぼ居ないものとして扱っていた。例外はたったの一度。初めてこの宮殿で目覚めた翌日、ラヴィアダリスに宣言した時だけだ。

『僕の許しが無い限り、絶対に僕に触れるな。近付くな。視界に入るな』

他人にこんなことを言われれば、光希なら何様のつもりだと憤っただろう。だがラヴィアダリスは嬉しそうに頷き、ずっと光希の命令に従っている。無視されても無視されても、歓喜の笑みを絶やさずに。

「何でも言ってくれ。そなたの願いなら、どのようなことでも叶えよう」

「……本当に、何でも？」

光希がぴたりと足を止めると、背後に驚愕の気配が広がった。まともに応えを返すのは、連れて来られた最初の日以来かもしれない。ばらばらと落下する皿を一顧《いっこ》だにせず、ラヴィアダリスは力強く請け負う。

「勿論だ。何を望む？」

「向こう岸に渡りたい」

　これからどうするにせよ、まずはこの宮殿から脱出したかった。これだけの広さにもかかわらず、宮殿には光希とラヴィアダリス以外、一人の使用人も居ないのだ。ラヴィアダリス曰《いわ》く『竜人がつがいの世話を他人に任せるなどありえない』そうだが、一日じゅうこの化け物にべったり張り付かれていては息が詰まってしまう。

　命令通り、ラヴィアダリスは光希に触れようとはしない。常に一定の距離を取り、何かを無理強いすることも無い。

　…けれど、ずっと見ている。底無しの淵《ふち》のような色違いの双眸が、一秒たりとも離れず光希を捕らえている。

　必死に保ち続けている正気が、底無し沼のような瞳に沈められてしまいそうで恐ろしかった。いっそ沈んでしまえば楽になれるのかもしれない。だがそれは、不運に痛め付けられながらも懸命に生きて来た自分を否定するのと同じことだ。

　優しく愛情深いつがいが迎えに来てくれたから、今までのつらい思い出は全部忘れてしまおう。全部無かったことにして、幸せになろう。…そんなふうに割り切れるほど、光希は強くない。

「…ならば、そなたの名を」

やっとつがいの願いを叶えてやれる。歓喜に輝いていたラヴィアダリスの美貌は、一転して憂いを帯びた。

「そなたの名を、私におくれ。…そうすれば、どこへなりとも連れて行こう」

「…どうして、名前なんて教えてやらなきゃならないんだよ」

「名はそなたと私を繋ぐもの。互いの名を交換すれば、それは決して切れぬ縁《えにし》となる。万が一そなたと離されることになっても、縁の糸を辿って探し出せる。たとえ異なる世界に居ようと、必ず」

ぞっとした。…出逢ったあの日、迫られるがまま名を教えなかった自分は正しかったのだ。今でさえ疎ましくてたまらないのに、決して切れない縁など結ばれてしまっては、一生逃げられなくなってしまう。

「……？」

同時に疑問を覚え、光希は首を傾げた。

ラヴィアダリスは神の代弁者たる黄金竜の末裔。先祖返りとも謳われるほどの魔力を有する大魔術師だという。

そんな化け物が、どうしてわざわざ人間の王族に召喚の儀式を行わせたのか。人間を凌《りょう》駕《が》する魔力があるのだから、ラヴィアダリス自身でも執り行えるはずだ。にもかかわらず十七年もの間、狂気の淵を漂いながら、魔宝玉が魔力を回復するのを待ち続けたのは何故だろう。…この世界の事情を聞かされた時から、ずっと不審に思っていた。

あれはつまり、名の縁が結ばれていなかったから、異界の光希を迎えに行けなかったということなのだろうか。一応の筋は通るが、何かが間違っているような気がしてならない。

目の前の男に尋ねれば、答えが容易く得られることはわかっている。だがこれ以上、会話を続けたくなかった。…薄い唇から紡がれる低く甘い声。狂気と紙一重の強い光を瞬かせる、色違いの双眸。水の匂いに混じる花の香り。たなびく黄金の髪。光希だけを求める大きな掌。思い切り寄りかかってもびくともしない、逞しく厚い胸。ラヴィアダリスの全てが、光希を誘惑するから。

……ラヴィアダリス。僕の……。

頭の奥に落ちた呟きを、頭を振って追い出した時だった。ばさり、と微かな羽音が耳に届いたのは。

「あれは……？」

振り仰いだ青い空から、何かが風に乗って滑空してくる。豆粒ほどの大きさだったそれはぐんぐん距離を詰め、ラヴィアダリスが伸ばした手に舞い降りた。黄色い羽を冠のように生やした、黒く大きな鳥だ。

『――蜜月はどうだ？　白の』

驚いたことに、ぱかっと開いた細長いくちばしから聞こえてきたのは、からかいを含んだ男の声だった。ぽかんとする光希を背に庇い、ラヴィアダリスは不機嫌を隠そうともせずに答える。

「何用だ。黒の」

『そろそろ、お前も少しは落ち着いた頃だろう。皆もお前のつがいと会いたがっておるゆえ、そちらに参りたいと思うのだが』

「来るな。邪魔だ」

にべもない返答に鳥はばさばさと羽ばたき、快活な笑い声を響かせた。

『はっはっはっ。お前ならそう申すと思うたゆえ、もうそちらへ向かっておるところだ』

「何だと……？」

初めて見るラヴィアダリスの怒りも露わな顔に、恐怖を覚える暇も無かった。岸辺に複雑な円陣が出現し、湿った土を巻き上げながら白い光を放つ。

……『移動』、…それに『飛翔』？

円陣を構成する文字は見たことの無いものばかりだったが、何故か幾つかの意味がすっと頭に入ってきた。くるくると宙を巡り、一条の光柱と化す繊細かつ緻密な円陣が、非常に高度な技術と魔力によって編み上げられたものであることも。

「綺麗、だ…」

「……っ？」

思わず感嘆の呟きを漏らせば、ラヴィアダリスは泣きそうに顔を歪め、黒い鳥は得意気に胸を反らす。

『だてに長老を名乗っておるのではないのでな』

「しかし白のつがい殿は、なかなかに優れた目をお持ちのようだ。白のの薫陶《くんとう》のたまものかな？」

鳥の言葉を引き継いだのは、光柱から進み出た男だった。ラヴィアダリスの腕から飛び立った黒い鳥は、男の頭上で一回転し、ふわりと空気に溶ける。

「お初にお目にかかる。儂《わし》は大魔術師の長老を務める役立たずの年寄りだ。…黒の、とお呼び下され」

どう見ても二十代後半か、せいぜい三十代に入ったばかりの男は長い黒髪が地につくほど深く腰を曲げ、優雅に一礼した。

三十分ほど後、宮殿のひときわ広い一室は急ごしらえの応接間と化していた。黒髪の男に続き、五人も光柱から姿を現したのだ。

五人のうち黒髪の男と赤毛の女、深緑色の髪の青年は竜人であり、ラヴィアダリスと同じくラゴルト王国の大魔術師だという。いずれも褐色の肌にゆったりとした衣装を纏った、人間離れした美形揃いだ。ラヴィアダリスを見慣れていなかったら、しばらく見入ってしまったかもしれない。

黒髪の男は優美、赤毛の女は華麗、深緑色の髪の青年は凛々しい。顔の造りに似たところは無いのに、皆どこかラヴィアダリスに通じる雰囲気を持つのは、始祖を同じくする血族だからだろうか。

竜人は両親とつがいにしか名を呼ばせないのが常だそうで、それ以外の者はそれぞれ黒の大魔術師、赤の大魔術師、緑の大魔術師と呼びかけるのだという。大魔術師同士では黒の、赤の、などと省略するそうだ。

そして残り三人は、大魔術師のつがいたちである。黒の大魔術師のつがいは光希より年下の少女、赤の大魔術師のつがいは線の細い少年、緑の大魔術師のつがいは筋肉質な青年だった。大魔術師たちに負けず劣らずの美形ばかりなのは、言うまでもない。

大魔術師とそのつがいたちはめいめいソファ代わりのクッションに腰を下ろし、ラヴィアダリスが不承不承用意した紅茶と焼き菓子を味わっている。互いの身体を密着させ、人目もはばからずに焼き菓子を食べさせ合ったり、唇を重ねたりと、見ている方が恥ずかしくなるいちゃつきぶりである。

だが、赤面しているのは光希だけだ。大魔術師たちは堂々としたものだし、つがいたちにいたっては、一メートルは離れて座る光希とラヴィアダリスに好奇心を隠そうともしない。

「白のつがいは、どうして白の大魔術師様にくっつかないの？」

ふわふわの髪を揺らしながら首を傾げたのは、黒の大魔術師――最年長であり、竜人たちの纏め役でもある長老のつがいの少女だった。黒の大魔術師が長老という言葉にまるで相応しくない若々しさを保っているのと同じく、こちらもせいぜい十二、三歳くらいにしか見えない。

「え……」

「愚かな女のせいで十七年もの間引き離されていて、やっと逢えたのでしょう？　私なら一秒だって離れていたくないわ」

光希はたじろいだ。黒のつがいの少女のみならず、他のつがいたちまでもが心底不思議そうにこちらを見詰めていたからだ。ラヴィアダリス以外の竜人たちは己のつがいを愛おしそうに撫でながらも、気まずそうに視線を漂わせている。

そもそも光希がこうして彼らと対峙しているのは、ラヴィアダリスと同じ大魔術師ならここから逃げ出す方法を教えてくれるのではないかと期待したからだ。ラヴィアダリスが彼らと光希を会話させるのを異様に嫌がったから、せめてもの意趣返しでもある。こんな展開は完全に予想外だった。

助け舟を出してくれたのは、黒の大魔術師だった。

「愛しい子。白のとつがい殿には事情がおありなのだ。そのように不躾《ぶしつけ》な物言いをするではない」

「でも…」

「すまなかった、白のつがい殿。我がつがいの無礼を許して欲しい。この通りだ」

不服そうに口を尖らせるつがいを無視し、黒の大魔術師は深々と頭を下げた。相当にありえないことだったらしく、つがいたちは勿論、赤と緑の大魔術師たちまでもが驚愕を露わにする。

「——長老!?」

「何も、そこまでされずとも…!」

「…そ…、そうよ。悪いのはあの女と魔無しでしょう? 竜人の長である貴方が、頭を下げることなんて…!」

青ざめる大魔術師たちに続き、我に返った黒のつがいが小さな拳を握り締めて訴える。赤と緑のつがいたちも口をつぐんではいるが、黒の大魔術師の行動に納得していないのは明らかだ。

だが、黒の大魔術師はいっこうに顔を上げようとはしない。

「確かに、儀式が行われなかった元凶は王妃と魔無しの王子だ。…しかし、儂に責任が無かったとは言えぬ。竜人の長老でありながら、王妃の悪しき企みを看破《かんぱ》出来なんだ」

「で、でも…、でもっ…」

「愛しい子よ。これは儂がつけねばならぬけじめなのだ。…竜人とつがいを引き離すことは、それだけ罪深い。…ましてや白のは、我らが始祖たる黄金竜と同じ黄金の色彩を纏う身。儂の後継者とも見込む男だ」

横目で窺ったラヴィアダリスは他の大魔術師たちと違い泰然《たいぜん》と腕を組み、格上であるはずの黒の大魔術師を見下ろしている。何を考えているのか、何の感情も浮かばない横顔からはまるで読めない。

……そう言えば、どうして『白の』なんだろう？

黒、赤、緑。大魔術師たちの呼び名はどうやら髪の色から取っているようだ。ならばラヴィアダリスは白ではなく、金の大魔術師と呼ばれるべきではないだろうか。色違いの双眸にも褐色の肌にも、どこにも白の要素など無いと思うのだが…。

「王妃は処刑された。魔無しの王子もいずれ罪を償う日が来るだろう。ならば儂も、白のとつがい殿に償わねばならぬ」

張り詰めた空気と突き刺さる視線があまりに痛々しく、やや現実逃避ぎみに考えていると、黒の大魔術師はようやく顔を上げた。

「二人は儂に、どのような罰を望む？　いかなる罰であろうと甘んじて受けると約束しよう。…出来れば、この命以外で願いたいが」

「……っ！」

黒のつがいの愛らしい顔がくしゃくしゃに歪んだ。もし命をもって償えと迫れば、黒の大魔術師は唯々諾々《いいだくだく》と従うのだろう。だがそうなったらきっと、この少女は後を追うに違いない。

「……無用だ」

無表情のまま、ラヴィアダリスは腕を解いた。幾重にも重なった広袖が、ふわりと宙に広がる。

「私はつがいと出会えた。…それが全てだ。今更、償いなど求めぬ。いかに我らとて、時を戻すことは出来ぬのだから」

「白の……」

「黒の。咎人《とがにん》というなら私も同様だ。異界で苦しむつがいを、私は守ってやれなかった」

「…それは、そなたも…」

痛ましそうに目を細める黒の大魔術師に、ラヴィアダリスは静かに首を振る。

「私の苦しみなど、つがいに比べればそよ風のようなもの。つがいを守れなかった罰としては軽すぎる」

「されど…」

「償いを求める権利は、我がつがいだけにある。…そうであろう？」

束の間、黒の大魔術師は瞑目《めいもく》し、光希に向き直った。大魔術師とそのつがいたちが、ごくりと息を呑む。

「…白のつがい殿」

「は…、…はい」

威厳に満ちた静謐《せいひつ》な眼差しに、すっと背筋が伸びた。心の奥底まで見透かされてしまいそうで、光希は腹に力を入れる。

「聞いての通りだ。貴方が十七年もの間異界に留まらされ、辛酸《しんさん》を舐めさせられた責任の一端は我が身にある。今更と思われるであろうが、償いをさせて頂きたい。我が身に叶うことであれば、どのようなことでも申されよ」

「……本当に、どんなことでも？」

「っ……！」

恐る恐る問い返せば、黒のつがいが血走った目で睨み付けてきた。光希が少しでも黒の大魔術師を傷付けるような願いを口にすれば、問答無用で掴みかかられそうだ。…そんなもの、光希が望むわけがないのに。

「——では、自由を」

切り出した瞬間、ラヴィアダリス以外の全員がきょとんと目を見開いた。わけがわからない。雄弁に物語る表情に、乾いた笑いがこみ上げてくる。

……やっぱり、こいつらとは絶対にわかり合えない。

黒の大魔術師が光希に対し、真摯に接してくれているのは伝わってくる。召喚の儀式が十七年も延期されてしまったこと、それによって光希とラヴィアダリスが引き離されてしまったことを悔やみ、己を責め続けてきたのも事実なのだろう。

けれど――。

「勘違いしてるみたいだけど、僕はこの化け物と離れ離れにされて寂しいとも悲しいとも思ってない。むしろ赤ん坊の頃に召喚されなくて良かったと思ってる。この化け物に育てられるなんて、考えるだけで虫唾《むしず》が走るから」

「何ですって……？」

呆然とする黒のつがいにも、反射的に己の大魔術師に縋る他のつがいたちにも、光希こそが化け物のように映っているのだろう。竜人とつがいは決して離れてはならない、かけがえの無い魂の伴侶。それが彼らの常識なのだから。

…だが、光希の常識ではない。

「て…、訂正なさい！　白の大魔術師様を化け物だなんて…、その御方がどれほど貴方を求め、苦しんでおられたか…！」

項垂《うなだ》れるラヴィアダリスを見遣った黒のつがいが、黒の大魔術師の制止を振り切り、猛然と抗議した。

「黒のつがいの言う通りだ。白のつがいの苦境は察して余りあるが、だからといって白の大魔術師様を愚弄《ぐろう》して良いわけがない」

「…つがいなら、もっと白の大魔術師様の御心を思いやるべきだろう」

沈黙を保っていた赤と緑のつがいも、耐え切れなくなったように声を上げる。赤のつがいは白い頬を紅潮させ、緑のつがいはきりりとした眉を顰めている。つがいが己の竜人を否定するだけでも許し難いのに、傷付けるなど言語道断だと憤っている顔だ。大魔術師たちも表情にこそ出さないが、内心ではつがいたちに賛同しているだろう。

「…結局、そうなんだよな」

光希はぽそりと呟いた。名を呼んでもらった覚えも無い両親。叔父一家。祖父母。光希のせいで死んでいった人々が、頭の中をぐるぐると回っている。

「な、何よ…」

小さな肩をびくりと揺らした黒のつがいが、黒の大魔術師にしがみついた。赤と緑のつがいたちも、それぞれの大魔術師の手を握り締める。

思わず笑ってしまった。…無条件で縋れる相手の居る彼らには、光希の気持ちなど決して理解出来ない。そう言ってやったら、彼らはきっと反論するだろう。光希にだってラヴィアダリスが居るじゃないか、と。

「お前らみんな、僕とこの化け物にすまなかった、償いたいとか言ってるくせに、気にしてるのはこの化け物のことばかりじゃないか。…僕の気持ちなんて、全然考えてない」

「そ…、そんなことはないわ。みんな、貴方のこともちゃんと…」

「心配してる――とか、言うつもりか？」

はっ、と鼻先で笑ってやれば、黒のつがいは鼻白んだ。小さく震え始めた少女を、黒の大魔術師が腕の中に庇う。赤と緑の大魔術師たちも、青ざめたつがいたちを抱き寄せる。

どうしてだろう。彼らをめちゃめちゃにしてやりたくてたまらない。

「…我がつがい…、我がつがいよ…」

どいつもこいつも当たり前みたいな顔で縋って、縋られて。自分たちこそが正義だと信じて疑わない。…誰も、理不尽に痛い目ばかり見せられた挙句、いきなりこんなところにさらわれて犯された光希の気持ちを理解しようとしない。ラヴィアダリスに愛されさえすれば、全ての傷は癒されると信じている。

揃いも揃って馬鹿ばっかりだ。…愛が全てを解決するなんて、おとぎ話の中でもありえない。

ばち、ばちん、と視界に金色の火花が散った。

「やめるのだ。それ以上魔力を昂《たかぶ》らせては、そなたの身体が持たぬ…」

みんなみんな、めちゃくちゃになればいい。離れ離れになってしまえばいい。光希とラヴィアダリスと同じように。

「やめよ。……やめてくれ、我がつがいよ……！」

逆巻き、雷となって溢れ出そうだった魔力の奔流は悲痛な叫びにかき消された。

ラヴィアダリスが広袖をはためかせ、光希の前に立ちはだかる。その背後では大魔術師たちがそれぞれのつがいを抱き締め、淡く輝く壁を張り巡らせていた。魔力の障壁だ。

「…どうして、邪魔するんだよ。僕のためなら何でもするって言ったのは、やっぱり嘘だったのか？」

睨み据えると、ラヴィアダリスは長い睫毛《まつげ》を苦しそうに震わせた。悲痛と歓喜。相反する感情が色違いの双眸にたなびくのは、連れて来られて以来、光希が初めてまともに視線を合わせてやったからだろうか。

「嘘ではない。…そなたが望むのなら、朋輩であろうとそのつがいであろうと、我が手で討ち果たしてみせよう」

「な……っ」

気色ばむ緑の大魔術師を、黒と赤の大魔術師たちが首を振って宥《なだ》める。

さっきの自己紹介で、緑の大魔術師はラヴィアダリスの次に年少なのだと聞いていた。文よりも武を好み、その分直情径行《ちょくじょうけいこう》のきらいがあるのだとも。比較的歳の近いラヴィアダリスに強い対抗心を抱いており、ことあるごとに競おうとするらしい。

「…じゃあ、そうしろよ。僕はもう、こいつらのくだらない話に付き合わされるのはまっぴらだ。どうせわかり合えっこないんだから、めちゃめちゃに壊してやりたい」

「――それは本当に、そなたの望みなのか？」

躊躇いがちに伸ばした手を、ラヴィアダリスは開いては閉じ、閉じては開いている。光希がその手を取ることなど無いと、わかっているくせに。

ぴくり、と光希は頬を引き攣らせる。

「…何が言いたい？」

「そなたが本当に壊したいのは、我が一族でもそのつがいたちでもなく……そなた自身なのではないか？」

衝動も声も、完全に抑えられたはずだった。けれど、魔力は抑えきれなかった。高い音をたてて弾けた火花がラヴィアダリスの広袖を焼き焦がし、座卓の茶器を粉砕する。つがいたちの上げた悲鳴が雷鳴に混じる。

「そなたが認めなくても、私はそなたのつがいだ。…そなたの心の内は、痛いほど伝わって来る」

「…そんな、嘘を…」

「そなたにすまないとうそぶきながら、我らが本当にそなたの傷を癒してやることなど出来はしない。ならばいっそ変えようの無い現実から己を無くしてしまいたいと…そう、思わせてしまったのだろう？」

わかったような口をきくな、と怒鳴り付けてやったつもりだった。雷は荒れ狂い、無差別に光希以外の全てを穿つ――そのはずだった。

「…ぁ…っ、……」

けれど、実際に堰を切ったのは嗚咽《おえつ》だった。火花はかき消え、腹の底に響く雷鳴も遠ざかっていく。つがいたちがほっと安堵の息を吐く。

「…そなたの気持ちがわかる、とは口が裂けても言えぬ。そなたが苦しみ続けている間、こちら側の世界で安穏と生きていた私には」

「白の、それは…」

口を挟もうとした黒の大魔術師を、ラヴィアダリスは首を振って黙らせた。

黄金の髪を宙に泳がせながら、光希の前に跪《ひざまず》く。手負いの獣に手を差し伸べようとするかのように、ゆっくりと。

「そなたは私の宝…私の命、魂そのものだ。そなたが失われることなど耐え切れぬ」

「っ…、ふ…、ぅぅっ……」

「…だから…、壊すなら私を壊してくれ。これでも始祖の再来と言われる身だ。こやつらよりは遥かに壊し甲斐があるだろう」

「白の…!?　おい、貴様っ……」

ぎょっとして掴みかかろうとする緑の大魔術師、二人がかりで彼を取り押さえる赤と黒の大魔術師、愕然とするつがいたち。混沌《こんとん》とする空間で、その中心であるはずのラヴィアダリスだけがどこまでも穏やかだ。あえかに滲んだ微笑みは、幸せそうにすら見える。

「決して抵抗はせぬ。約束しよう。そなたに壊してもらえるのなら本望だ」

……どうして。どうして？

「ああ……、私は何て幸せ者なのだろう。そなたの目が私を見詰めている。私を…私を、私だけを……」

……どうして、そこまで出来るんだ。僕なんて簡単に捕まえられるくせに、自分から身を投げ出そうとするんだ。

「愛している。愛している、愛している、愛している。そなただけを…」

……その目だ。その目をやめてくれ。呑み込まれそうになってしまう。緋色と藍色に蕩ける、甘く狂おしい泥沼に。…頭の奥でひっきりなしにラヴィアダリスを求める、同じ声の叫びに。

「ラ、…あ、あ、あっ…」

「我がつがい……？」

「…、やめろ…、見るな、…僕を見るなぁぁ…っ…！」

壊したくなんかない。ラヴィアダリスは何も悪くない。…傍に居たい。抱き締めて欲しい。押し寄せる叫びに流され、唇がラヴィアダリスの名を紡いでしまいそうになる。

呼んではいけないのに。…光希は、この化け物のつがいなんかじゃないのに。

――どくん……。

大きくなるばかりの叫びをねじ伏せようと、鎮まったはずの魔力がざわめく。ばちばちと閃く稲妻が部屋を金色に染め上げる。

「いかん、魔力が…！」

黒の大魔術師の双眸がまばゆく輝いた。瞬時に編み上げられたさっきと同じ円陣は身を守るすべを持たないつがいたちを包み込み、いずこかへ連れ去る。

同時に、赤と緑の魔術師たちも己の務めを果たそうとしていた。二人は頷き合い、魔力に満ちた声で朗々《ろうろう》と歌い上げる。こんな時でさえ聞き惚れてしまいそうなそれは何本もの鎖と化し、光希に襲いかかる。

竜人の行使する魔術には、つがいといえども抗えない。本能は正しく理解していたが、再び牙を剥いた魔力はもはや光希にすら制御不可能だった。激痛を覚悟し、身構えた光希の前で、黒い広袖がひるがえる。

「白の……!?」

「…私の前で、我がつがいを害することは許さぬ」

ラヴィアダリスが腕を一振りするや、絡み付いていた無数の鎖は引きちぎられ、霧となって消え去った。目を剥く二人の大魔術師を、ラヴィアダリスは縦に裂けた瞳孔で貫く。

「害そうとしたわけではないわ。取り押さえるだけよ」

「そうだ。お前のつがいは、人間であるのが信じられぬほどの魔力を有している。暴走させれば、それこそ身を滅ぼしかねんぞ…！」

反発する二人の背後で、黒の大魔術師は素早く円陣を紡いでいく。

織り込まれた文字は『捕縛《ほばく》』『昏倒《こんとう》』…おそらく光希を拘束し、意識を奪うためのものだろう。暴走させるしか操るすべを持たない光希と正反対の洗練された魔力の流れに、ぞくりと悪寒が走った。光希がどれだけ修練を積もうと、黒の大魔術師には敵わないだろう。

手強い朋輩三人を向こうに回してもなお、ラヴィアダリスは引き下がろうとしなかった。

「目的がどうあれ、我がつがいが一瞬でも苦痛を味わうのであれば看過《かんか》出来ぬ。…我がつがいは、もう充分すぎるほど苦しめられてきたのだから」

「…このまま放置して、死なせるつもりか？」

静かに問う黒の大魔術師の冷厳な顔は、返答次第ではラヴィアダリスへの懲戒《ちょうかい》も辞さないと語っている。震え上がる赤と緑の大魔術師の前で、ラヴィアダリスは場違いなほど穏やかに微笑んだ。

「この私が、我がつがいをむざむざ死なせるわけがない」

「ならばどうするつもりだ。…よもや、共に滅びるつもりではなかろうな？」

「我がつがいが許してくれるならそれも悪くはないが……」

唇を笑みの形に吊り上げたまま、ラヴィアダリスは右の眼窩《がんか》に指をかけた。ひゅっ、と息を呑んだのは光希だったか、それとも大魔術師たちだったのか。

「……や…っ、やめろぉぉおっ！」

緑の大魔術師は慌ててラヴィアダリスの手を払おうとするが、ラヴィアダリスが指をめり込ませる方が早かった。ずぶりと柔らかな眼球に指の食い込む音が、やけに大きく響く。

「…白の…！　貴方、何てことを…やめなさい、やめるのよ！」

赤の大魔術師は短く歌い、魔力の鎖をラヴィアダリスに放つが、ことごとく空中で撃ち落とされた。黒の大魔術師が光希のために編んだ円陣を発動させても、ラヴィアダリスの足元で金色の魔力の波に相殺《そうさい》されてしまう。

「あ…、あ、ああ……」

ただ一人、みっともなく震えているだけの光希に、ラヴィアダリスは微笑んだ。…その掌に、抉《えぐ》り出されたばかりの緋色の眼球を乗せて。

「…我がつがいがこの目を恐れるがゆえに心乱れるのなら、無くしてしまえばいい」

「ひ…、っ、い、い…」

やけに視界が揺れると思ったら、壊れた人形のように首をがくがくと振っていた。何故涙が溢れるのかわからない。怖いからか、気持ち悪いからか……悲しいからか。

「可愛い可愛い、我がつがい……」

　鮮血を滴らせたラヴィアダリスの指が、今度は左の眼窩にかけられる。大魔術師たちは動けなかった。…いや、動かなかった。三人がかりでもラヴィアダリスを止められないと、悟ってしまったのだろう。

「……さあ、我がつがいよ。これでもう、怖くはないだろう？」

　再び跪いたラヴィアダリスの右と左の掌には、それぞれ緋色と藍色の宝玉が輝きを放っていた。褐色の掌からは鮮血が滴り落ちているのに、一対の宝玉には汚れ一つ無く、内側から金色の光を湧き立たせている。自ら抉り出す場面を目撃していなければ、元がラヴィアダリスの眼球だとは誰も思うまい。

「い…、…や…っ、…あ、あ…」

　閉ざしたまぶたの奥から血の涙を溢れさせ、ラヴィアダリスは至福の笑みを浮かべている。…つがいが恐れる両の瞳は無くなった。だからもう光希は自分を恐れないと、歓喜に胸をときめかせている。

「……受け取られよ、白のつがい殿」

　ずいと差し出された一対の宝玉から顔を背け、眼差しで助けを求めるが、黒の大魔術師は処置無しとばかりに首を振る。

「受け、取るって……」

「それは白のがつがい殿に捧げしもの。つがい殿が受け取られなければ絶望に染まり、ところ構わず災厄を振りまくことになるだろう」

頷く赤と緑の大魔術師たちも、端整な顔を恐怖に引き攣らせている。人間を凌駕する魔力の主たちにこんな表情をさせるのだから、受け取るしかないのだろう。万が一ここで拒んでも、知らないうちに追いかけて来そうな気がしてならない。

……要らない。こんなもの欲しくない。どこかに捨ててきてしまいたい。

せり上がる嫌悪と恐怖を堪え、顔を背けたまま、光希はそっと手を差し出す。

つるりとした感触が掌に落ちてきた瞬間、予想外の温もりに思わず向き直り――すぐさま後悔した。見たこともないくらい晴れやかに、ラヴィアダリスが笑っていたから。

「…愛しいつがいよ。私の全てはそなたのものだ…」

うっとりと告白するラヴィアダリスも、文句一つ付けない大魔術師たちも、たちこめる血の匂いも、妖しく輝く一対の宝玉も……何もかもが恐ろしい。

――けれど一番怖いのは、血の涙を流すラヴィアダリスに微かな胸の痛みを覚えてしまう自分自身だった。

かぐわしい香りがして顔を上げると、ラヴィアダリスがティーワゴンを押しながら入って来るところだった。二段になったワゴンの上段にはティーセットが、下段には焼き菓子や軽くつまめるフィンガーフード、フルーツの盛り合わせなどがすし詰めになっている。

「精が出るな、我がつがいよ。少しは休んだらどうだ？」

ひるがえる広袖を優雅にさばきながら、ラヴィアダリスはティーカップに紅茶を注ぎ、琥珀色の蜂蜜を一匙《ひとさじ》落とした。金細工の匙で丁寧にかき混ぜ、紅茶の香りを存分に引き出してから黒檀《こくたん》の座卓に置き、菓子や軽食の皿も次々と並べていく。一瞬たりともまごつかないその手際の良さは、視力を失った者のそれとはとても思えない。

「………いただき、ます」

施設では食べ物に感謝するよう厳しく躾けられている。そっと手を合わせると、蔓草を地紋に打ち出した白い袖がふわりと揺れた。

今の光希は連れ去られてきた時の制服ではなく、一番下に白い詰襟のシャツとゆったりしたズボンを着け、微妙に長さの違う幾枚もの広袖の上着を重ねている。一番上に華やかな薔薇の刺繍を施した、裾を引きずりそうな長さの長衣を羽織り、広袖から下に重ねた間着の袖を覗かせる仕組みだ。これだけ重ねてもちっとも重さを感じないのは、一枚一枚が極上の絹である証だろう。

紅茶を一口飲むと、傍らで歓喜の気配が広がり、胸元もにわかに温かくなった。密かに見下ろせば、胸元にぶら下がった一対の宝珠がほのかな光を放っている。

「…おい…、これ、本当に見えてないいんだろうな？」

思わず横目で睨み付けると、ラヴィアダリスは唇をほころばせた。

「誓って、見えてはおらぬ。だが元は我が肉体の一部ゆえ、私の感情が伝わってしまうのは致し方なかろう？」

「……そう、かよ」

光希は視線を戻し、手近にあったクッキーを食べてみた。まだほんのりと温かいそれはシナモンの風味が後を引き、もう一枚、もう一枚とついつい手が伸びてしまう。

施設に居た頃はもっぱら緑茶ばかりだったが、ラヴィアダリスが淹れてくれた紅茶は渋みも無くまろやかで、クッキーの甘さをほど良く洗い流してくれる。次に花の形をした焼き菓子をつまんだらしょっぱいものが欲しくなり、再び甘いものが恋しくなり…の繰り返しだ。

……本当に、見えてないのか……？

ちらと窺ったラヴィアダリスは黒い広袖の衣装に身を包み、光希の傍らに跪いている。これまでと違うのは、黒く細長い布が両目を覆い隠していることだ。目隠しの下にあるべき眼球――緋色と藍色、一対の宝玉は白銀の台座に嵌め込まれ、首飾りとなって光希の胸元を飾っている。光希に肌身離さず持っていてもらえるようにと、ラヴィアダリス自らが細工したのだ。

『いいか、絶対に離すなよ。誰かにやるのも預けるのも以《もっ》ての外《ほか》だ。湯浴みの時も着替えの時も決して外すな』

ラヴィアダリスが自らの両目を抉り出すという暴挙に出た後、真顔で忠告してきたのは緑の大魔術師だ。赤の大魔術師も両の拳を握り締め、隣で何度も頷いていた。

『…ある意味、今の白のつがい殿にはちょうど良かったのやもしれぬな』

はあ、とこめかみを揉みながら嘆息《たんそく》したのは黒の大魔術師だ。竜人の瞳には膨大な魔力が秘められており、魔力の暴走を防ぐ効果があるという。

『言わば護符《ごふ》代わりよな。白のつがい殿のように高い魔力を持ちながら操作のすべを持たぬ者には、打って付けよ』

正確には、竜人の強大な魔力に、宝玉を持つ者の魔力が大幅に抑え込まれてしまうのだそうだ。普通の人間なら一切の魔術が使えなくなる上、竜の魔力に蝕まれて死ぬ可能性も高いらしいが、光希の場合は何の心配も要らないという。

『白のの一部が、つがい殿を害するわけがないゆえな。…それにつがい殿は、人間としては規格外の魔力のみならず、優れた素質もお持ちだ。儂の描いた円陣を、僅かながら読み取っていただろう?』

魔力のある者なら誰でも読めるのではないかと思ったのだが、そうではなかった。円陣を構築する文字はかつて神が人に授けたと言われる力ある文字――神字であり、魔力の低い者にはどうあっても読めないのだ。

円陣の構成が複雑になればなるほど用いられる神字は複雑を極め、解読の難易度も上がっていく。大魔術師の描く円陣ともなれば、人間の魔術師では十日以上かかってやっと数分の一を解読出来るかどうか、というところだそうだ。

だから光希は何を置いても魔力の制御を学ばなければならないのだと、黒の大魔術師は言った。さもなくばまた今回のように感情を昂らせるたび、魔力を暴走させてしまう。度重なれば、竜人のつがいでも無事では済まないだろうと。

…大魔術師やそのつがいたちに対するわだかまりが解けたわけではない。竜人とつがいの繋がりを絶対視する彼らとは、何があってもわかり合えないと今でも思っている。それは彼らも同じだろう。

だが、光希の中に滔々と流れる金色の大河――感情次第で容易く氾濫する魔力を操るすべを学ばなければならないことは、光希も理解していた。大魔術師たちを雷で打ちのめそうとした、あの時を思い出すだけで背筋が冷える。

……壊してやりたいだなんて……。

よくもあんな残酷な衝動を覚えられたものだ。もし本当に光希の雷が誰かに命中し、命を奪っていたら…いや、傷を負わせただけでも、光希は正気ではいられなかっただろう。

魔力の暴走は理性を奪うのだ。ラゴルト王国において大魔術師とそのつがいは法の範囲外に在り、何人の民を殺《あや》めようと罪に問われることは無いというが、自分のせいで誰かが傷付くなんて許せるものか。

　波乱ずくめだった大魔術師たちとの初顔合わせから五日。光希は黒の大魔術師が届けてくれた初歩の教本を読み込みながら、魔術の基礎を学んでいる。黒の大魔術師は王立魔術学院の名誉学院長でもあり、竜人のみならず人間の教え子を持つこともあるそうだ。

　ならば教師役もぜひ黒の大魔術師に頼みたかったのだが、ラヴィアダリスが居るだろうと断られてしまった。始祖黄金竜と同じ金の色彩を纏うラヴィアダリスは、黒の大魔術師の歴代の教え子の中でも随一の優秀さを誇り、つがいである光希にとっては最高の教師になるはずだというが…。

「今、どこまで進んだ？」

　卓上の皿があらかた空になると、見計らったようにラヴィアダリスが尋ねる。光希は淹れ替えてもらった紅茶を啜り、脇に置いていた教本を開いた。

「……ここまで」

「ほう…、神字を一通り覚えられたのか。さすが我がつがい、理解が早いな。普通の人間なら半年以上はかかっているぞ」

　読んでいた箇所を指で示すと、ラヴィアダリスは低く艶やかな声に喜色を滲ませた。視力を失っているにもかかわらず、教本の内容が見えているのだ。

　ラヴィアダリスによれば、見えるのではなく感じるのだという。黒の大魔術師が記した文字は微量な魔力を帯びており、それを感じ取っているのだと。同様に空気中の魔力――神の息吹の流れを読み、行動しているらしい。だから視力を失っても、ラヴィアダリスの動きは以前と少しも変わらない。

「魔力はただ体内から放出するだけでも行使出来るが、心身に強い負担がかかる。神字で円陣を描ければ効率的に魔力を流せるようになり、負担も激減するだろう」

「……」

「ゆえに神字は魔術の基礎中の基礎と言われるのだが、最近ではおろそかにする人間も多いと聞く。…基礎を真面目《まじめ》に学ぶそなたは、きっと良い魔術師になれるはずだ」

――変わったのは、光希の方なのだろう。

今までなら、ラヴィアダリスに贈られた衣装を身に着けようとは思わなかった。ラヴィアダリスにこれほど喋らせることも無かったし、声を聞くのも嫌で、さっさと顔を背けていただろう。

けれど今、光希は無言でラヴィアダリスの声に耳を傾けている。嫌悪はあるが、それだけではない。ごまかしようの無い喜びが、ほんのりと胸を染めている。

施設で暮らしていた頃、こうして付き切りで勉強を教えてくれる人は居なかった。学ぶこと、新しい知識を蓄えることは好きだったのに、死に損ないの疫病神である光希を恐れ、教師すら授業以外では近付こうとしなかったのだ。勿論、誉めてもらったことも無い。

「黒のはそなたに魔力制御を学べと申していたが、それだけでは勿体《もったい》無い。様々な応用も身に着けるべきだ。そなたならきっと秘術すら行使出来るようになる」

紛れも無い本気だとわかるからこそ、ラヴィアダリスの言葉は渇いた心に染み渡る。誰かに認められることは、こんなにも甘美だったのか。たとえ相手が、自分を元の世界から連れ去った化け物だとしても…。

「…秘術…、って？」

ほのかに温もる心のまま、今までなら絶対にしない質問を投げかけると、ラヴィアダリスは唇の笑みを深める。

「いにしえの魔術王国から各国の王家に伝わる魔術のことだ。そなたを呼び寄せた召喚術も、その一つに当たる」

「…召喚術って、ラゴルトの王族にしか使えないんじゃないの？」

「術式がラゴルト王家のみに伝わっているというだけだ。正しく術式を理解し、発動させられるだけの魔力があれば、理論的には誰でも発動させられる。ただ、術式を理解するのはともかく、魔力を満たすのが只人《ただびと》には難しいのだが…」

異界への道を繋げる召喚術は、通常の魔術とは比較にならないほど莫大な魔力を消耗する。だから代々のラゴルト王はいつ行われるかもわからない儀式のため、魔宝玉に魔力を蓄え続けていたのだ。

……待てよ。少し、おかしくないか？

術式と魔力さえ満たせれば良いのなら、どうして大魔術師たちは召喚術を自分たちで管理しようと思わなかったのだろうか。人間なら魔宝玉に魔力を蓄えなければ行使出来ない秘術でも、大魔術師たちの膨大な魔力をもってすれば容易に発動可能なはずだ。大魔術師たちが術式を渡せと命じれば、ラゴルト王家とて拒めなかっただろう。魔宝玉を盗まれ、儀式が延期されるという事件も起こりえなかった。

大魔術師たちの訪問を受けた五日前も、同じ疑問を覚えた。あの時はラヴィアダリスに光希の名前を渡していないから…名の縁が結ばれていないからかと思ったが、儀式に必要なのが術式と魔力だけだというのなら違うだろう。

いや――そもそも何故、彼らの始祖たる黄金竜はつがいを自分で召喚しなかったのか。神の代弁者とも謳われるほどの存在が、人間にも作り上げられた召喚術の術式を行使出来なかったというのは明らかに不自然だ。

氷の塊を埋め込まれたかのように、胸の奥がしんと冷たくなった。何か……とても重要な何かを、光希は知らないのではないか……。

「…なあ…」

以前は話したくなくて呑み込んだが、そんな意地を張っている場合ではない。勇気を出して問いかけようとしたとたん、ラヴィアダリスの纏う花の香りが甘さを帯びる。

「どうした？　我がつがい」

「あ、…あの…」

「もっと何か飲むか？　そなたの好みそうな茶葉を色々と取り揃えてあるぞ。異界で好んでいた飲み物があるのなら教えてくれ。大魔術師の名にかけて再現してみせよう」

長い黄金の髪がみるまに艶を増してゆき、窓辺の紗幕越しに差し込む陽光を弾いてこうこうと輝く。まるで後光が差しているかのようだ。光希の胸元の双玉も金色の光を宿し、ふるふると小刻みに震えている。

「それとも、何か食べたいのか？　料理には多少自信がある。たいていのものは作れるだろう。異界の料理であっても、どのようなものか説明してくれれば再現出来るはずだ」

「……作る？　お前が？」

光希は思わず目を丸くした。ラヴィアダリスはことあるごとに美味そうな料理を差し出し、光希の機嫌を取ろうとしたが、どうせ魔術でちゃちゃっと出しているのだろうと思っていたのだ。あるいは、使用人にでも作らせるか。

「我がつがいよ。魔術とは、そなたが考えているほど万能ではないのだ」

光希の困惑が伝わったのか、ラヴィアダリスは形の良い唇に微苦笑を漂わせた。

「全くの無から有を創り出すことは出来ぬ。獣を成長させて肉を得たり、種子を芽吹かせて作物を収穫することは可能だが、獣や種子そのものは魔力では創れぬ。同様に、予《あらかじ》め用意しておいた食材を瞬時に調理することは出来ても、魔力で食材や料理そのものを出すことは不可能なのだ」

「はあ……」

獣や植物を成長させたり、一瞬で料理が出来るのなら無から有を創り出しているも同然ではないかと思ってしまうのだが、魔術的には全く次元の違う話らしい。首を傾げる光希に、ラヴィアダリスはそっと手を伸ばす。

「……っ…!?」

口元を拭ったのは、柔らかな手巾《しゅきん》だった。さっき食べた焼き菓子の屑《くず》が付いていたようだ。とっさに大きく身を引いてしまった自分が恥ずかしくて、光希はきっ、とラヴィアダリスを睨み付ける。

「…ぼ…、僕の許し無しに触るなって言っただろ…っ」

「触れてはいない。拭いただけだ」

ひらりと白絹の手巾が振られる。屁理屈を、と詰ることは出来なかった。いつの間にか、ラヴィアダリスがクッションの隣に乗り上げていたから。

少しスパイシーな花の香りはこの男の感情の昂りにつれて変化するのだと、今はもうわかっている。犯されている間はずっと、濃厚な香りに包まれていた。…今も、粘り気を増した香りが光希を舐め上げている。触れることを禁じられた手の代わりのように。

「…お…、おい…」

「こんなにも可愛らしいつがいを前にして、愛でずにいたらおかしくなってしまう。…それとも…そなたは私を布越しにも触れさせずに堪えさせて、狂わせたいのか？　初めてまぐわった、あの時のように……」

唇が耳朶に触れないぎりぎりの距離で囁かれ、背筋がわなないた。むわり、と濃厚に漂う花の香りが、腰を甘く疼かせる。

……ラヴィアダリスが、欲しい。もう何日も抱かれてない。全身の肌を重ね合わせて、腹の奥まで貫かれて、朝までずっと絡み合っていたいのに……。

何度振り払っても消えないあの声が、頭の奥からじわりと染み出る。広袖から覗く褐色の手を取ってしまいそうになり、光希は空中で拳を握り締めた。

「……我がつがい……？　なあ、……そうなのか？」

「…ひ…っ…、ん……」

甘く蠱惑的な囁きの余韻《よいん》が、剥き出しの耳朶をくすぐった。とっさに身を引きかけ、光希は動けなくなる。黒絹の目隠しの奥で燃える、存在しないはずの眼差しに焼かれて。

……馬鹿な。そんなわけがない。

ラヴィアダリスが自ら両目を抉り出すところを、光希は確かに目撃したのだ。そして双玉と化した目は、光希の胸元で誇らしげに輝いている。あの目隠しの奥には、虚ろな眼窩がぽっかりと空いているだけのはずなのに。

「…布越しなら、…いい…」

両の眼球が存在していた時よりも熱を帯びた眼差しにこのまま晒されていたら、頭の奥で鳴り響く声に身体が屈してしまいそうだった。蚊の鳴くような呟きをしっかり聞き付け、ラヴィアダリスは長い髪を黄金のさざ波の如くきらめかせる。

「我がつがい……」

上品な艶のある広袖が舞い上がり、光希の手をふわりと覆った。光希が慌てて引っ込めるより早く、ほのかな温もりに包み込まれる。

「っ……」

「ああ……、そなただ。そなたが、私の傍に居てくれる……」

広袖に包まれた手を恭《うやうや》しく押し戴《いただ》き、ラヴィアダリスはそっと頬を擦り寄せた。頬擦りをしては口付け、口付けては頬を擦り寄せる。そうしていなければ呼吸すらままならないのだと、だから慈悲を垂れて欲しいのだと希《こいねが》う。

飢えた獣のようなあさましさと高貴な美貌の対比が、光希の胸を掻き乱した。あの強烈すぎる双眸が無くなってもなお…いや、だからこそラヴィアダリスの美貌は凄みを増し、見る者の心を鷲掴みにする。

目隠しの奥には何色の宝玉を隠し持っていたのか。両の瞳を備えたら、この男はどれほど眩しく光り輝くのか。誰もが想像し、興奮せずにはいられないだろう。元居た世界で、腕を失くしたヴィーナス像が数多の人々の関心を集めていたように。…光希ですらそうなのだから。

「私のつがい…、…愛しい愛しい、私だけの…」

「…、あっ…！」

ぷるぷると小さく震えていた指先に湿った感触が落ちた。反射的に引っ込めようとした手は、目隠し越しの眼差しに縫い付けられる。

「あ…、あっ、…あ…」

ラヴィアダリスの黒い広袖から覗く、幾重にも重ね着した袖先。淡い水色に染められた紗の袖口に包んだ光希の指を、たっぷり唾液を纏った男の舌がしゃぶっている。ぴちゃぴちゃと、あからさまな水音をたてて。

目隠し越しに光希を見上げ、ラヴィアダリスはゆるゆると唇を吊り上げた。

「や…ぁ、嫌…っ！」

真っ赤に染まった頬を嘲笑われているようで、いやいやをするように首を振れば、指先に軽く歯を立てられる。あるかなしかの痛みに、光希は我ながら嫌になるくらい甘ったるい声を漏らした。

細いレースと刺繍に縁取られた詰襟越しに、ラヴィアダリスは光希の喉を撫で上げる。

薄い唇から、悩ましい吐息を漏らして。

「……そなたは、何と愛らしい……」

「…嘘、だ。…ちょろすぎるって、馬鹿にしてるんだろ…」

何を言っているんだろうと思った。…こんな言い方、拗ねているみたいじゃないか。拗ねるなんて、子どものすることだ。拗ねれば誰かが飛んで来て慰めてくれると知っているから、子どもは無邪気に拗ねるのだ。

だから光希は、物心ついてから一度も拗ねたことは無い。死に損ないの疫病神が拗ねたって…大怪我を負って苦しんでいたって、誰も慰めてくれないとわかっていたから。

「馬鹿になど、するわけがなかろう」

ラヴィアダリスは低く張りのある声を蜜のように蕩かせ、喉を撫でていた手を項に滑らせた。音もたてずににじり寄り、濡れた紗に覆われた指を舐め上げる。紗に透ける指と紅い舌に、ずくり、と腰の奥が熱を孕む。

「何をしていてもそなたは可愛い。我が懐に入れて、我が袖に包み込んで、そなたの中を私で満たして……日がな一日、我が思いのたけを囁き続けてやりたい」

「う…、…あ、あっ…」

「愛している……、愛している、我がつがい。私を嫌っても恨んでも、詰っても打ち据えてもいい。ただ、そなたの名と愛だけが欲しい」

熱くてたまらなかった。切なげに囁く合間に食まれる指が、双玉の揺れる胸元が…一度も触れられていないはずの、股間が。

絹の下着の中で居心地悪そうに脈打つそれは、以前とは違う。高められ、思うさま蜜を噴き上げる快感を知っている。…教え込まれている。濃厚な花の香りを振りまき、つがいを発情させようとするこの男に。

「…そなたの名を、呼びたい」

「…あっ、あ…、あぁ……」

「そなたに愛されたい。…ほんの少しで良い。そなたの心の片隅にでも、私を居させてくれれば…」

片隅どころかど真ん中に居座っていると教えてやったら、この男はどんな顔をするのだろう。黒の大魔術師たちと対面し、ラヴィアダリスが両目を抉り出したあの日から、光希の心は明らかに変化した。…ラヴィアダリスの存在を、無視しきれなくなった。

人間離れした美貌を輝かしいものにしていた双眸を、光希が抉らせてしまったから？いや、きっとそれだけではない。わかってしまったからだ。この男の言葉は、全て本気なのだと。本気で、光希が何をしても受け容れるつもりでいるのだと。

今回は両目だったが、もしも近付いてくるその脚が怖いと言えば脚を、触れてくる手が怖いと言えば手を、ラヴィアダリスは躊躇い無くもぎ取るのだろう。そして光希に捧げるのだろう。ラヴィアダリスの望むひと欠片の愛情すら、返されないと承知の上で。

「や、…ぁ、…やあっ…」

口を突いて出そうになった言葉を、光希は甘い吐息と一緒に飲み下した。…信じられない。今、名前を告げそうになった。頭の奥に、鬱陶《うっとう》しいあの声は聞こえないのに。色違いの双眸は、光希を映していないのに。

「我がつがい……」

憂いに喉を震わせ、ラヴィアダリスは項から腰へと掌を這わせていった。やがて股間に辿り着くと、兆し始めている性器をやんわりと包む。

「あぁ……っ！」

鼻にかかった嬌声が自分のものだなんて、信じられなかった。何枚も重ねた衣服の上から触れられただけで、下着の中の性器がみるみる漲っていくことも。

……まただ。また、僕の身体が、僕を無視して……。

自分と同じあの声が、ずっとラヴィアダリスを呼んでいる。ラヴィアダリスに、光希の名を呼ばれたがっている。

「も…、これ以上、は、…っ」

先走りが下着に滲むのを感じ、光希はラヴィアダリスの長衣の襟を掴んだ。涙目で訴えれば、やめてくれるはずだった。

「……駄目だ」

――今までなら。

「衣の上からなら良いと、そなたは許してくれたはずだ」

「…え…っ……」

「……まだ、足りぬ。我がつがい、……我がつがい……！」

ぐるりと回転した視界に、青と金のタイルが星空のような幾何学模様を描き出す天井が映った。幾枚も重ねた間着を上着ごとめくり上げられ、ズボンをずり下げられて初めて、ラヴィアダリスに押し倒されたのだと気付く。

「な…っ、何するんだよ…！　放せ…っ！」

渾身の力で暴れても、光希に圧《の》し掛かり、四肢を押さえ付けるラヴィアダリスの腕はびくともしない。仕留められた獲物のようにひくつく光希の喉に、ラヴィアダリスは詰襟越しの口付けを落とす。

「…何故、放さねばならぬ？」

虚ろのはずの眼窩が目隠しの下から強烈な光を放ち、光希を貫く。

びくりとする光希の胸元から首飾りを掬い上げ、ラヴィアダリスは緋色と藍色の宝玉に舌を這わせた。薄い唇からちらつく舌の紅さに、首筋がざわめく。自分のそれを舐め愛でられているようで、目の奥がじわりと疼く。

「私は布越しにしか、そなたに触れていない。そなたとの約定を、違《たが》えてはいない」

「…そ、…れは、…そう…、だけど…っ」

「そなたと過ごす時間を取り戻すたび、私は獣に近付いていく。…そなたが、私を狂わせているのだ」

瀑布《ばくふ》のように広がる黄金の髪が光希を覆い、ラヴィアダリスの放つ花の香りごと閉じ込めた。さっきよりも確実に濃厚さを増している香りに、光希はひやりとする。

――あいつの香りが強くなってきたら、気を付けろよ。

そう忠告していったのは、緑の大魔術師だった。竜人は、つがいにしか嗅ぎ取れない香りを纏っているという。竜人によって種類は様々だが、ラヴィアダリスの場合は少しだけスパイシーなあの花の香りだ。

つがいとのまぐわいが足りないと、香りはどんどん強くなっていく。催淫効果のある香りでつがいを発情させ、その気にさせるためだ。

――つがいが生まれた時から共に過ごせていれば、竜人が満たされずに暴走することはありえない。だが、あいつは……。

他の大魔術師たちはともかく、緑の大魔術師には確実に悪印象を持たれていると思う。ラヴィアダリスと最も歳の近い彼は、表面上は突っかかりながらも、長くつがいに出逢えなかった同胞を心配しているように見えたから。

その緑の大魔術師が、哀れな同胞に両目を抉り出させた憎たらしいつがいにわざわざ忠告していったのだ。花の香りを吸い込むたび、頭の芯が冷えていく。ずくずくと脈打ち、ラヴィアダリスの愛撫を求める性器とは正反対に。

「…どうすれば、そなたは私と名の縁を結んでくれる？」

「い…、…や、…あ、あぁ…」

「愛して欲しい、などとわがままは言わぬ。そなたと私の間に、確かな繋がりが欲しいだけなのだ。もう二度と、そなたを見失わぬように…」

ラヴィアダリスは嘘を吐いていると、光希でなくても見抜いただろう。むせ返るほどの花の香りを立ち上らせ、全身から滲み出る色香で誘惑しておいて、よくもぬけぬけとほざけたものだ。

——愛されたいのだ、この男は。光希を頭のてっぺんから爪先まで依存させて、己の掌の中でしか生きられない、己しか眼中に無い生き物に堕としたがっている。五日前に出逢った、大魔術師のつがいたちのように。

……だってそれが、正しい姿だから。

自分と同じ声が、蕩けかけた頭の奥で密やかに囁きかける。つまらない意地など捨て、ラヴィアダリスと名の縁を結べばいい。光希を狂おしく求めるその腕に、身を任せてしまえばいいと。

……本当は、わかっているくせに……。

「違う…、…違うっ…」

そんなことわかるわけがないと、光希は懸命に首を振った。だが光希の股間をいやらしくまさぐっていた男にとっては、更なる愛撫をねだられたようにしか見えなかったのだろう。薄い白絹の下着越しに、熱い息を吹きかける。

「…我がつがい…、つれなくて愛しい、私の半身…」

「あ……っ、や、…ああっ、あ……」

「愛している。……そなたが望むなら、何度でも絶頂に連れて行ってやろう……」

妖しく輝く胸元の双玉に照らされ、失われたはずの双眸が目隠しの奥から光希を捕らえる。…これはもう駄目かもしれない。諦念が胸を過った。ラヴィアダリスの巧みな口淫を施されたら、布越しであっても容易く極めさせられてしまうだろう。一度蜜を吐き出せば、二度、三度と立て続けに欲しくなる。ラヴィアダリスはきっとその隙を逃さず、極めたければ名を捧げろと迫るに違いない。

……そんなことに、なったら……。

自ら豪奢な衣装を脱ぎ去り、生まれたままの姿で脚を広げ、ラヴィアダリスの太く大きなものをねだる自分。ろくに慣らされてもいない蕾を犯され、ひんひんと快楽に善がり狂う自分。大量の精液を垂れ流しながら尻を高々と上げ、もっとたくさん注いで欲しいとねだる自分――脳裏に閃いては消えていく光景は、光希の妄想などではない。この男にさらわれてきた初日、実際に体験したことばかりだ。

耳元で囁かれるだけで腰が疼いてしまうあの低く艶めいた声に、名を呼ばれたら…。

「ひぁ…、あっ、あぁー…っ…」

やっぱり駄目だ。堕とされてしまう。黒のつがいたちのように、己の大魔術師しか見えない生き物に変化させられてしまう。

「……いい子だ。もっと、そなたの甘い囀《さえず》りを聞かせておくれ……」

ラヴィアダリスは唇だけで微笑み、熱を孕んで震える光希の股間に顔を埋めた。

勿論、約束はきちんと守っている。光希の性器は下着に覆われたままだ。だが極上の薄絹はすでに先走りに濡れて張り付き、いたいけな輪郭をくっきりと浮かび上がらせてしまっているだろう。…もしかしたら、無毛に等しいそこの色や形までも。

「……あぁ、…っ…」

無いも同然の薄絹越しに熱い吐息を感じただけで、腰が砕けた。腕にも脚にも力が入らない。せめてもの抵抗に、きつく目蓋《まぶた》を閉ざそうとした時だった。がんがんと、蔦模様の格子が嵌め込まれた窓が大きな音をたてたのは。

「…あれは…」

のろのろと顔を向ければ、大きな翼で器用にホバリングしながら、見覚えのある黒い鳥が窓硝子を容赦無く突いていた。冠のような黄色い羽は、間違い無い。黒の大魔術師が放った使い魔だ。

『おい、白の！　そこに居るのはわかっておるのだ。いい加減、返事くらいせよ！』

ぱかっと開いたくちばしから放たれた大音声はびりびりと格子を振動させ、光希たちのもとまで届いた。聞こえないはずはないのに、ラヴィアダリスは光希の股間で高い鼻先をひくひくとうごめかせ、芳醇な蜜の香りを愉しんでいる。

「あの……」

『白の！　聞こえておるのだろう？　あれほど申しておいたというのに、そなたという奴は…儂の忍耐力にも、限界があるのだぞ!?』

「…おい、ちょっと…」

冷静で温厚だった黒の大魔術師が、あそこまで苛立っているのだ。よほどの事件が起きたに違いない。すっと熱も引き、光希は何度も呼びかけるが、ラヴィアダリスは濡れた下着にうっとりと舌を這わせ続ける。黒い鳥は開けろ出て来いと喚《わめ》き散らしながら、今にも窓を突き破ってしまいそうだというのに。

「おい、ってば…！」

光希は広がる黄金の髪をぐいと引っ張り——息が止まりそうになった。がばりと顔を上げたラヴィアダリスが、すさまじい勢いで這い寄ってきたからだ。

「ひぃっ…!?」

「…今…、私に触れたな…!?」

光希がホラー映画さながらの光景に震え上がるのにも構わず、ラヴィアダリスは互いの唇が触れ合いそうなほど近くまで顔を寄せてくる。

……触れたって、これが？

絹糸よりもなめらかな髪を掴んだままの手をちらりと窺い、光希は困惑する。つい苛々して引っ張っただけだ。触れたうちにも入らないのに、どうしてこの男は全身をぶるぶると震わせ、歓喜を迸らせるのだろうか。

「我がつがいが…、私に、触れてくれた……」

「…お…、おい……？」

「触れてくれた、触れてくれた……我がつがいが、私に……」

もしも眼球を失っていなければ、ラヴィアダリスは色違いの双眸を恍惚と蕩かせ、随喜《ずいき》の涙を流していただろう。きらきらと自ら光を放つ双玉に、光希はようやく思い至る。曲がりなりにも自分からラヴィアダリスに手を伸ばしたのは、これが初めてだったかもしれない——と。

……でも、そんなことで？

さらってきたその日に、光希が身動き一つ取れなくなるまで犯したはずだ。意識を失った後も、きっと犯されていた。腹の奥までラヴィアダリスでいっぱいにされた。この身体に、ラヴィアダリスに触れられていない場所など存在しないはずなのに…たかが髪を掴まれたくらいで…？

「……黒の大魔術師が来てるみたいだけど、行かなくていいのか？」

そっと褐色の頬に指先を滑らせたのは、ちょっとした興味が湧いたからだ。髪程度でこれほど喜ぶのなら、じかに触れてやったらどうなるのだろうかと。

…効果は、絶大だった。

「——さっきから何をしているんだ、貴様は」

ラヴィアダリスは手早く光希の乱れた衣服を整えるや、つかつかと窓辺に向かい、今にも割られてしまいそうだった窓を開いたのだ。待ってましたとばかりに飛び込んできた黒い鳥はくるりと一回転し、ラヴィアダリスが嫌々差し出した腕に留まる。

『それは儂の台詞だ！　王宮では王から重臣どもまでが勢揃いし、そなたらを待ちわびておるというのに、悠長に何をしておる？　まだ支度すら済ませておらぬではないか！』

「…は？　王宮……？」

光希が何も知らされていないのだと、一瞬で理解したのだろう。鳥は黄色い冠羽をトサカの如く突っ立て、ばさばさと羽ばたく。

『何故、肝心のつがい殿が知らぬのだ!?』

「……我がつがいは、未だこの世界に馴染んでおらぬ。醜悪な人間どもの目に晒し、余計な負担をかけたくはない」

眉を顰めたラヴィアダリスの返答に、黒い鳥は翼をたたみ、ううむと器用に唸る。

『尤《もっと》もな言い分であるし、儂も同感だが…今回ばかりは、そこを曲げて参加してもらわねばならぬ。ことは盟約に関わるゆえな』

「しかし…」

『ここですっぽかしても、あの者らは何度でも同じ機会を設け、そなたとつがい殿に降臨を願い続けるだろう。それは却ってつがい殿の負担になる。…そうではないか？』

ラヴィアダリスは痛いところを突かれたように口元を歪めたが、決して頷こうとはしない。埒が明かないと見たのか、黒い鳥はばささと飛び立ち、慌てて起き上がった光希の肩に留まる。

『つがい殿。そなたはどうしたい？』

「どうしたいも何も…二人が何を話してるのか、全然わからないんだけど」

黒い鳥は一瞬躊躇うように冠毛を揺らし、おもむろにくちばしを開いた。

『当代のラゴルト国王マンフレートと重臣どもが、王宮でそなたを待っておる。…かつての第一王子、フロリアンの処罰を求めるために』

第一王子フロリアン。

光希の記憶が正しければ、それは『魔無し』として生まれ、母王妃に罪を犯させた——光希が元の世界で苦しみ続ける元凶となった少年の名前であった。

フロリアンとの対面式が今日開催されることは、光希の召喚の儀式が行われたその日には決定していたそうだ。つがいとの蜜月の最中であってもこれだけは忘れてくれるなと、黒の大魔術師のみならず赤と緑の大魔術師たちも再三念を押していたらしい。

つがいを溺愛する彼らが、つがいとの蜜月よりも人間の行事を優先させるのには勿論理由がある。竜人たちの偉大なる祖先——黄金竜が王国と交わした盟約に関わるからだ。

五百年前、当時のラゴルト国王は竜人たちの庇護を受けるのと引き換えに、彼らのつがいを異界より召喚すると誓った。大陸に長らく争乱の嵐が吹き荒れたにもかかわらず、ラゴルト王国が侵略も受けずに発展を続けられたのは、大魔術師たちがあらゆる災厄を防いできたおかげだ。

だが十七年前、魔無しとして早晩死ぬ運命だった第一王子を救うため、王妃アレクシアは儀式に欠かせない魔宝玉の魔力を使い果たしてしまった。儀式は魔力が再び蓄えられる十七年後まで延期せざるを得ず、ラヴィアダリスは幽宮に封じられた。長きにわたり守られ続けてきた盟約が、こともあろうに王族によって違えられたのだ。

これはラゴルト王国側にとって致命的な失点だった。どうにか光希を召喚することは出来たが、光希やラヴィアダリスが味わった苦痛が消えてなくなるわけではない。同胞に苦汁を舐めさせたと、大魔術師たちの不興も買ってしまった。

最低まで落ちてしまった信頼をどうにか回復させ、少しでも光希とラヴィアダリスの機嫌を取り結ぼうと、マンフレート王たちは必死に奔走している。

光希が最初に目覚め、ラヴィアダリスに犯されたあのホテルのような部屋は、マンフレート王が光希たちのために贈った邸宅の一室だったそうだ。警備の軍と召使いも強引に押し付けてきたというから、部屋に駆け込んできた兵士たちはその一隊だったのだろう。結局、ラヴィアダリスはいつ光希が魔力を暴走させてもいいよう竜人たち所有の湖上の宮殿に移ってしまったから、邸宅も人員も無駄になったわけだが。

もはや後が無いマンフレート王たちにとって、フロリアンとの対面式は最後に残された希望だ。ことが盟約に関わるがゆえ、宮殿に引きこもったラヴィアダリスも光希と共に出て来ざるを得ない。新たに加わったつがいに直接謝罪を伝えられる上、元凶であるフロリアンを光希の好きに処罰させれば、少しは溜飲《りゅういん》を下げてくれるかもしれないのだから。

「…我がつがいよ。本当に行くのか？」

何度目かもわからない問いを無視すれば、広袖に包まれた腕が伸びてきた。抱き上げられそうになるのをすっと避け、光希は頭一つ以上高い位置にある美貌を睨み付ける。

「しつこい。行くって言っただろ」

それに、今から引き返せるわけもない。光希とラヴィアダリスはマンフレート王の招きに応じ、謁見の間に通じる大廊下を進んでいるところなのだから。しかも黒の大魔術師と宰相《さいしょう》が先導を務め、周囲をラゴルト王国の騎士たちに固められるという厳戒態勢である。ラヴィアダリスはともかく、話しかけるのすら躊躇われるほどぴりぴりした空気を発散する彼らに『やっぱり帰ります』などと言い出せるわけもない。

――光希がマンフレート王の招きに応じることを、ラヴィアダリスは断固として反対した。業を煮やした黒の大魔術師が、長老としての命令だと明言してもだ。未だラヴィアダリスにすら馴染んでいない光希を衆目に晒した挙句、全ての元凶とも言えるフロリアンに対面させるのは負担が大きすぎると主張して聞かなかった。

そんなラヴィアダリスが渋々ながら引き下がったのは、光希が行くと言い張ったからだ。黒の大魔術師には感謝されたが、光希としては黄金竜との盟約などどうでも良い。あのままラヴィアダリスと二人きりでいたら、確実に名の縁を結んでしまいそうだったのだ。二人だけの空間から逃げ出せるのなら、行き先など何でも良かった。

……でも、やっぱりやめておくべきだったのかもしれない。

ラヴィアダリスや黒の大魔術師と共に王宮へ転移した瞬間、光希は後悔に襲われた。出迎えてくれた見るからに地位の高そうな老人…宰相が、長時間待たされた苛立ちを欠片も見せずに跪いたせいだ。美々《びび》しく飾り立てられた近衛騎士団たちまでもがいっせいに額ずく様は、他人から疎まれ蔑まれてきた光希の目には異様にしか映らなかったが、ラヴィアダリスは軽く頷くだけだった。

『…し、白の大魔術師様、その御目は…』

端麗な顔を半ば目隠しで覆ったラヴィアダリスの奇異な姿に、宰相は仰天《ぎょうてん》し、騎士たちもどよめいた。あの宮殿での一件を、黒の大魔術師は王宮に報告しなかったようだ。

『人間風情が、何の権限あって私に問いかける？』

尊大に言い放つラヴィアダリスに、背筋がぞくりとした。ラヴィアダリスは光希には常に恭しかったし、同じ大魔術師たちとも対等に接していたのに。

『…こ…、これは、ご無礼をいたしました。どうぞお許し下さい』

宰相は再び跪いて詫び、ラヴィアダリスが構わぬと告げるまで起き上がろうとしなかった。宰相と言えば国王や王族に次ぐ地位、王国有数の権力者であるはずだが、ラヴィアダリスの前では下僕も同然だ。騎士たちに至っては表情こそ平静を取り繕っているものの、屈強なその身体は小刻みに震え、着込んだ華麗な鎧がかちかちと音をたてている。

歓迎と表現するには寒々しすぎる遣り取りの後、ラヴィアダリスがしきりに光希を気にかけるものだから、宰相たちは面食らったことだろう。今は背中しか見えないが、こちらを意識しているのが痛いほど伝わってくる。

居心地の悪さを我慢し、執拗《しつよう》に食い下がるラヴィアダリスを適当にあしらいながら進むうちに、黄金竜の彫刻が施された巨大な両開きの扉に辿り着いた。

「――扉を開けよ！」

宰相が高らかに命じると、扉は内側からゆっくりと開かれていく。

隙間から噴き出る大勢の気配と視線に後ずさりしかけた光希の手を、広袖越しにラヴィアダリスが握り締めた。

「あ……」

「大丈夫だ、我がつがい。そなたには私が付いている」

目隠し越しに微笑まれ、心が凪ぐのは初めてだった。そのまますするりと手を滑らされ、腕を組む格好に持ち込まれても振り解けない。四方八方から突き刺さる視線が、あまりにも強烈すぎて。

光希が通っていた学校の体育館ほどはありそうな広々とした謁見の間には、着飾った貴族たちがひしめいていた。ぽっかりと空いているのは、正面奥の玉座に続く紅い絨毯の敷かれた道だけだ。

「白の大魔術師様だ……」

「あの御目は？　まさかあれも、幽宮に長らく閉じ込められていたせいで…？」

「…しかし、相変わらずお美しい。黄金竜様の血を色濃く継がれただけはある…」

ざわめく貴族たちの熱っぽい視線はラヴィアダリスからすぐに光希へと移り、そちこちでどよめきが上がる。

「では、あの御方が白のつがい様か？　異界に取り残されてしまわれたという…」

「何とおいたわしい…。だが、白の大魔術師様の御色を映され、麗《うるわ》しいお姿であられる…」

「白の大魔術師様もつがい様を慈しんでおられるご様子。この分なら、いずれお怒りも解けるのでは…」

こちらをちらちらと窺いながら声を潜める貴族たちに、過去の記憶が重なる。同じ学校の生徒たちは決して近付こうとはしないくせに、光希を遠巻きにしては聞こえよがしに囁き合うのだ。あれが死に損ないの疫病神だ、関われれば呪われるぞ——と。

「……う、わっ!?」

身を竦めるや、ふわりと身体が浮かび上がった。とたんに大きくなったざわめきも、貴族たちの不躾な眼差しさえも、ひるがえる黒い広袖に締め出されてしまう。

軽々と抱き上げた光希を袖の内に隠し、ラヴィアダリスは微笑んだ。

「…そなたはいつでも、私だけを見ていれば良い」

「あ、……」

「忘れてくれるな。そなたには常に私が付いていることを」

そっと頬を撫でられ、光希は気が付いた。…ラヴィアダリスが王宮訪問を頑《かたく》なに反対したのは、光希がこうなるのを見越していたからでもあったのかもしれないと。

……いや、そんなわけがない。こいつはただ、僕を…つがいを傍に置いておきたいだけだ。

ぶるりと首を振り、黒い長衣の襟を掴めば、過去の記憶は彼方へ消え去った。物見高い貴族たちが大魔術師とつがいの仲睦まじい姿を拝もうと押し合いへし合いするのも、騎士たちがちらちらとこちらを振り返るのも気にならない。

たとえここに居合わせた全員が束になってかかってきても、光希には指一本触れられない。ラヴィアダリスが腕の一振りで打ち払ってくれる。

「陛下。白の大魔術師様とつがい様をお連れ申し上げました」

玉座の前に辿り着くと、宰相は右手を心臓の上に当てて深々と一礼し、並み居る貴族たちに交じった。黒の大魔術師が無言で下がった玉座の右側には、威儀を正した赤と緑の大魔術師たちが神妙な顔付きで参列している。

それぞれのつがいたちの姿は無い。大魔術師がつがいを公の場に連れ出すのは、例外中の例外なのだろう。またつがいたちに煩く口出しされたらどうしようと思っていたので、少しほっとした。

「…おお…、白の大魔術師殿、そしてつがい殿。よくぞおいで下された」

玉座にどっしりと腰を下ろしていた国王マンフレートは歓喜に喉を震わせ、素早く立ち上がった。

血走ったその目はどろりと濁り、王錫《おうしゃく》を握る手もよくよく見れば黄色く染まっている。豪奢な衣装がはち切れんばかりに太った身体は歩くのにも難儀するようで、ラヴィアダリスの前に進み出るまで侍従が両側から支えてやる始末だ。おそらく肝臓が悪いのだろう。医者ではない光希にも、相当な不摂生を続けてきたのだと推察出来る。

「我らの過ちのせいで、お二方には筆舌《ひつぜつ》に尽くし難い苦難を味わわせてしまった。許しては頂けぬだろうが、まずは謝らせて欲しい。…申し訳無かった。この通りじゃ」

「……！」

マンフレートは何の迷いも無く跪き、深々と頭を垂れた。王は王国の頂点に立つ存在であり、たとえ大魔術師相手であってもやすやすと頭を下げてはならないはずなのに、光希以外の誰も驚いてはいない。

縮み上がる光希を、澱んだ双眸がひたと捕らえた。

「…つがい殿。貴方には幾重にも詫びねばならぬ。異界に取り残され、さぞつらい目に遭われたであろう。本来ならば白の大魔術師殿に慈しまれ、掌中《しょうちゅう》の珠《たま》の如く育たれるはずであった貴方が…まことに、慙愧《ざんき》に堪えぬ」

「…あ、…」

「我らを恨まれたであろう。魔宝玉を盗み出し、つがい殿のために使われるべき魔力を私欲のために使い果たした大罪人は、こともあろうに我が妃であった女じゃ。離縁した上で斬首に処したが、無論、それで罪を免《まぬが》れるとは思うておらぬ」

マンフレートは一旦言葉を切り、侍従に目配せをした。畏《かしこ》まった侍従は玉座の脇にある小さな扉の奥に消えたかと思えば、新たに二人を引き連れ、すぐに戻って来る。

一人はおそらく騎士だろう。光希たちの護衛を務める近衛ほど華やかではないが、がっしりとした長身に実用的な鎧を纏い、黒髪を短く刈り込んだ精悍《せいかん》な青年だ。笑えばさぞ女性を惹き付けるだろうに、むっと唇を引き結び、眼光鋭くあたりを警戒している。

そしてもう一人は、騎士に比べればずいぶんと小柄な人物だ。目深にベールをかぶっているせいで顔立ちはわからないが、僅かに覗く肌は瑞々《みずみず》しく、飾り気の無いズボンを穿いている。おそらく光希とさほど変わらない年頃の少年だろう。

少年が姿を現した瞬間、場の空気は一変した。光希とラヴィアダリスの登場に熱狂していた貴族たちの笑顔が、一瞬で嫌悪に歪んだのだ。

「…おぞましい、魔無しが…」

「よくもまあ、今の今まで生き延びた挙句、白の大魔術師様の御前に顔を出せたものだ」

「いっそ己で命を絶てば良かったものを。あの魔無しのせいで、我らは…！」

憎々しげに罵倒するだけでは足りず、最前列の貴族たちは何とポケットから小石を取り出し、少年に投擲《とうてき》し始めた。この時のため、わざわざ持ち込んだようだ。驚いたことにマンフレートも近衛たちも制止せず、当の少年すら避けようとしない。

「殿下……！」

黒髪の騎士は叫び、少年を腕の中に引き入れた。少年にぶつかるはずだった石は長身の騎士の鎧に当たり、かんかんと高い音をたてる。

「…貴様ら…、殿下に対し、何ということを…！」

殺気を孕んだ騎士の一喝に、さしもの貴族たちも震え上がった。しかし、彼らが口を閉ざしたのは束の間。魔無しの分際で、と誰かが苦々しげに吐き捨てたとたん、場は再び騒然となる。

「呪われた魔無しなど、王族であるわけがない！」

「王妃と共に処刑し、魔獣の餌にでもしておけば良かったのだ！」

罵声《ばせい》と共に、石の雨が降り注ぐ。中には身に着けていた装身具や扇を外し、投げ付ける者まで出る始末だ。黒髪の騎士は懸命に少年を庇い、驚異的な反射神経で石を払いのけるが、とうとう死角から投げられた石が少年の唇に命中する。

「…う…っ」

「で、殿下！　…おのれぇ…っ…」

怒りに任せて腰の剣を抜こうとする騎士に取り縋り、少年はぷるぷると首を振った。

「やめて、パトリック。僕は大丈夫だから」

「ですが…っ」

「この程度…、つがい様が僕のせいで味わわれた苦痛に比べたら、痛みのうちにも入らないよ」

そっとベールを外し、マンフレートの横に跪く少年を、光希はラヴィアダリスの腕の中から呆然と見下ろした。声が出ないのは、ラヴィアダリスにきつく抱きすくめられているせいではない。祈りを捧げるように指を組んだ少年が、他の誰とも違う異様な容姿の主だったからだ。

病的なまでに白い肌よりもなお白い、新雪のように真っ白な髪。小動物を思わせる丸く大きな双眸は、その唇から流れる血と同じくらい紅い。

元の世界でもアルビノと呼ばれる人々が存在したが、彼らと決定的に異なるのは、肌をぞわぞわと粟立たせる強烈な違和感を放っていることだ。光希の気のせいではない証拠に、今まで眉一つ動かさなかった大魔術師たちも不快そうな表情を微かに滲ませている。

その理由は、マンフレートによってすぐに解明された。

「――白の大魔術師殿、つがい殿。これなる『魔無し』がフロリアン……王国に波乱と恐怖をもたらした大罪人じゃ」

「…フロリアン・エグリマと申します。白の大魔術師様、つがい様。御前を汚す無礼をお

許し下さい」

頭を下げる少年…フロリアンからは、ほとんど魔力を感じないのだ。規格外の魔力の主である大魔術師たちは別として、マンフレートや貴族たちからも相応の魔力の波動を感じるのに、フロリアンの中はほぼ空っぽだ。生物なら野の獣や犬猫すら持つはずの魔力を持ち合わせていない。それが大魔術師や光希たち――高い魔力を有する者には、強烈な違和感となって突き刺さるのだ。まるで、死体が生きて歩いているような。

……これが、魔力を持たない…『魔無し』ということなのか。

背筋が寒くなった。光希ほどではなくても、マンフレートや貴族たち…魔力を持つ『普通』の人々は、フロリアンと対峙するたび同様の違和感を覚えたはずだ。魔無しが忌み嫌われるのは、この違和感のせいでもあるのだろう。

……生まれた時からずっと、こんなふうに……。

「…もう、良い」

怒気の滲んだ呟きが、痛いほど張り詰めた空気を軋ませた。

はっと我に返る光希を、ラヴィアダリスは広袖に覆い隠す。あらゆる穢《けが》れを、愛しいつがいに近付けまいとするかのように。

「義理は果たした。我らは帰らせてもらう」

「白の…!?　馬鹿を申すな。まだ処断は済んでおらぬ」

「く、黒の大魔術師殿のおっしゃる通りじゃ。後でいかようにも償うゆえ、どうか今しばらく留まって下され……！」

泡を喰って駆け寄ってきた黒の大魔術師に、マンフレートも必死に追従する。主君に続けとばかりに、宰相や貴族たちもいっせいに跪いた。立っているのは竜の血を引く大魔術師たちだけだ。

「それの処断など、人間どもに任せればいい。…盟約を汚した元凶とはいえ、我が愛しいつがいを泣かせてまで処断するだけの価値を、私は認めぬ」

「……え……？」

広袖越しに頭を撫でられて初めて、光希は自分が涙を流していることに気付いた。顔を押し付けていたラヴィアダリスの長衣の胸元は、しっとりと湿っている。

「ち、違……」

そうじゃない。フロリアンのせいで泣いたわけではないのだ。自分でもわけがわからないうちに、涙が溢れていただけ。

光希がうまく動かない唇で訴える前に、ラヴィアダリスは魔力に満ちた声で短く歌った。次の瞬間、黄金色に輝く円陣が光希たちを包み込む。

……これは、転移の円陣!?

前に黒の大魔術師が描いたものより規模は小さいが、間違い無い。発動すれば瞬時にあの宮殿へ転移するだろう。黒の大魔術師たちが再び呼び出しに来ようと、実力行使に出ようと、二度と光希を外には出さないつもりなのだ。

ラヴィアダリスの腕の中に、死ぬまで閉じ込められる――。

どくんと心臓が高鳴るのを感じ、光希はとっさにラヴィアダリスの耳朶を掴んだ。今しも発動しかけていた円陣のまばゆい輝きが、一気に弱まる。

「…我が、……つがい？」

「……まだ、帰らない」

耳元に唇を寄せて囁けば、触れる者全てを切り裂きそうな殺気は消え失せた。代わりに滲み出るのは、戸惑いと――どうしようもないくらいの愛おしさだ。

「…そなたが人間どもの都合に付き合ってやる必要など、無いのだぞ」

光希だけに聞こえるよう潜められた声音は、もっと触れて欲しい、縋って欲しいと切望していた。そうすれば、いくらでも甘やかしてやれるのに…と。

「付き合うわけじゃない。…僕が、ここに居たいんだ」

「……そう、か」

ラヴィアダリスは切ない溜息を吐き、光希をそっと下ろした。短く歌って円陣を消し、ぱちぱちと目をしばたたく光希の背後から腕を回す。

「それがそなたの望みであれば、私も止めまい」

「…いい、のか?」

「言ったはずだ。そなたの望みは何でも叶えると」

光希から触れてやれば怒りを収められるのではと目論んだのは確かだが、こうもあっさり思い通りになると困惑してしまう。ただ触れてやることが…肌を重ねる行為に比べればささやかすぎる接触を、そんなにも喜ぶなんて。

……この男は、今までどうやって生きてきたんだろう。

ラヴィアダリスの十七年に、初めて興味が湧いた。

光希が元の世界に取り残されていた間、ラヴィアダリスは幽宮に封じられていたという。得られるはずだったつがいを得られず、狂気の淵をさまよっていたとは聞いたけれど…。

「おお…、白のつがい殿。慈悲深きお心遣い、感謝いたしますぞ。心優しいつがい殿が我がラゴルトにおいで下さったこと、まことに喜ばしい」

光希の気が変わるのを恐れたのか、今にも卒倒しそうだったマンフレートが猫撫で声で割り込んだ。主君に追従して笑いさざめく貴族たちに嘆息し、黒の大魔術師は同胞たちのもとに戻っていく。ひとまずの危機は去ったと判断したらしい。赤と緑の大魔術師たちと共に、感謝の眼差しを投げかけてきた。彼らのためにやったわけではないのだが。

「素晴らしいつがい殿を得られた白の大魔術師殿は、これからも我が王国のため尽力して下さるであろうと余は確信した。…そこでじゃ。お二人の新たなる門出《かどで》を心置き無く祝うためにも、ここで忌まわしき遺恨を断っておきたい」

視線を向けるのも汚らわしいとばかりに、マンフレートはフロリアンに顎をしゃくってみせた。ぴくりと片眉を上げた黒髪の騎士に首を振り、膝をついたまま光希ににじり寄ると、深々と頭を垂れる。白髪から覗く項は、静脈が透けて見えるほど生白い。

「……白のつがい様。本来ならばこうして御前に出ることすら許されぬ穢れた身に、最期の償いの機会を頂けましたこと、心よりお礼申し上げます」

「最期……？」

不穏な言葉に嫌な予感を覚えたのは、光希だけだったらしい。ラヴィアダリスは勿論、大魔術師たちも貴族たちも口を閉ざし、じっと成り行きを見守っている。

「さあ、つがい殿。これなる大罪人を、いかようにもご処分下され」

たるんだ腹を揺らしながら起き上がり、マンフレートは大仰に両手を広げた。弾みで転がりそうになった主君を、両側に控える侍従たちが慌てて支える。

「しょ、…処分？」

「左様。痛め付けた末に切り刻もうと、ひと思いに首を落とそうと、毒でじわじわ弱らせて最期まで苦しませようと、つがい殿の望まれるがままじゃ。おお、むろんつがい殿が御手を汚される必要は無い。こやつらがつがい殿の手足となって働くゆえ」

マンフレートの合図を受け、数人の近衛たちが動き出した。行く手を阻もうとする黒髪の騎士を二人がかりで押しのけ、フロリアンを取り囲む。近衛と言えば王族の守護が務めだろうに、フロリアンに向けられる眼差しには嫌悪しか宿っていない。

「如何《いかが》される？　…ああ、今日のため、こやつらは可能な限り苦痛を長引かせるすべを学んできた。安易に死なせるような不始末はせぬゆえ、遠慮無く望みを申されよ」

――何を言っているのだ、この男は。

忌み嫌われる魔無しだからといって、仮にもフロリアンはマンフレートの実子のはずではないか。それを切り刻むだの可能な限り苦痛を長引かせるだの、どうしてそんなに浮き浮きと提案出来るのだ？

「…その…、フロリアンは…」

「おおおっ、いかん、つがい殿！」

貴方の子ではないのか、と続ける前に、マンフレートがすさまじい勢いで身を乗り出してきた。黄色く濁った目は血走り、ぎらぎらと光っている。

「それの名など呼ばれてはならぬ。つがい殿の繊細なお心が、穢れてしまうではないか」

「え、…あの…」

「――陛下。畏れながらつがい様は、それを処分すれば陛下のお血筋が絶えてしまうのではないかと、心配なされているのでは」

したり顔で言い出したのは宰相だった。

違う、そんな心配などしていない。光希が否定するより早く、マンフレートは破顔し、玉座から少し離れたあたりを手招く。

「来なさい、お前たち」

マンフレートに応じ、着飾った子どもたちがぞろぞろと進み出る。一番大きな少年は光希よりやや年下くらいだが、最も幼い子はせいぜい二、三歳程度だろう。場の空気に気圧されたのか、乳母とおぼしき女性の手を不安そうに握り締めている。

「こちらは、陛下の御子様がたでいらっしゃいます」

「はあ…っ…？」

恭しく宰相に告げられ、光希はぽかんとしてしまった。怯えたようにこちらを窺う子どもたちは、どう見ても三十人以上居るだろう。確か十七年前に生まれたフロリアンがマンフレートの最初の子だったはずだから、あの子どもたちは皆、それから十七年の間に生まれたことになる。

王族なのだから、王位継承者を絶やさないために側室を取り、より多くの子を儲けるのは当然なのかもしれない。だがこの人数は、明らかに多すぎる。

「皆、儀式のために作ったのじゃ」

マンフレートは誇らしげに胸を張り、突き出た腹をぶるんと揺らした。

「さすがの余も毎夜の子作りはなかなかにきついものがあったが、一日も早く白のつがい殿をお呼びするため、と励んでな」

「儀式のために…、子作りを……」

何故、と問うまでもなくわかってしまった。…魔宝玉に魔力を注がせるためだ。空になってしまった魔宝玉を再び満たすには、マンフレートや既存の王族たちの魔力だけではとうてい追いつかなかったのだろう。困り果てたマンフレートは、足りないものは増やせばいいとばかりに側室を娶《めと》り、次々と子を産ませていったに違いない。ただ魔力を注がせるためだけに…。

「殿下がたは皆、懸命に務めに励まれました。残念ながら魔力を使い果たし、お命を落とされた殿下がたもいらっしゃいますが…」

「なに、つがい殿が気にされることは無い。召喚の儀式を執り行うのは、我らラゴルト王家が黄金竜様と交わせし盟約ゆえなあ」

恩着せがましくまくしたてる宰相とマンフレートは、気付いていないのだろうか。悲しげに俯く子どもたちに。魔力を使い果たして亡くなった王子や王女は、きっと彼らと親しかったのだろう。まだ幼い彼らにとって光希とラヴィアダリスは、愛する家族を奪った仇《かたき》に等しい。

「おわかりになったかな、つがい殿。余の血筋には何の不安も無い。これらの中で最も魔力に優れた者を次代の王とし、なるべく多くの子を作らせる予定じゃ。むろん、他の子らも成人し次第子作りに励ませるゆえ、安心してこの呪われた魔無しを処分されよ」

「…そんな…、僕は…」

光希はがくがくと首を振るが、ラヴィアダリスはなだめるように髪を撫でるだけだ。大魔術師たちも無表情のまま傍観者に徹している。貴族たちも…家族を奪われた幼い子どもたちすら、光希がフロリアンに残虐な罰を与えると信じて疑わない。

「……どうぞ、ご存分に。どのような罰でも受け容れる覚悟は出来ております」

当のフロリアンすら、従容《しょうよう》と絨毯に額を擦り付ける始末だ。もし光希がその首を所望したら、何の抵抗も無く差し出すつもりに違いない。ただ一人、黒髪の騎士だけがフロリアンの背中を見詰め、悔しげに歯を食いしばっている。

「…君は…、本当に、それでいいの…?」

震える声で問いかければ、フロリアンは弾かれたように顔を上げた。初めてまともに見た顔立ちには、あどけなさが残っている。…当たり前だ。フロリアンは光希と同じ、まだ十七歳の少年なのだ。

「……つがい様が異界で苦しまれたのは、全て僕のせいです。僕が魔無しでさえなければ、つがい様は白の大魔術師様と幸せにお暮らしだったはずなのに……」

即座に思い浮かんだのは、大魔術師のつがいたちだった。…幸せ、なのだろうか？　彼らのように何の疑問も抱かず大魔術師に庇護され、愛情に溺れさせられながら育てられることが？

「だから、僕がこの命で罪を償うのは当然のことなんです。ラゴルト王国のためにも…どうか、償わせて下さい」

フロリアンが紅い瞳を潤ませながら懇願した時、ラヴィアダリスに支えられていなければ、光希はくずおれてしまったかもしれない。

国のため、盟約のため、償うため――頭がおかしくなりそうだった。光希を召喚するために、一体どれだけの命が犠牲になったのか。マンフレートたちは光希がフロリアンを恨んで当然だと思っているようだが、憎悪などまるで湧いて来ない。

むしろ光希とラヴィアダリスの機嫌を取るためなら我が子の命さえ喜んで差し出すマンフレートや、それに何の疑問も抱かない周囲の人間たちの方が恐ろしい。勝手に背負わされたフロリアンの命が、ずしりと肩に圧し掛かる。

……殺したくない。これ以上、僕のせいで誰も死なせたくないのに……！

「我がつがいよ。何も不安に思うことは無い。そなたの好きにすれば良いのだ」

優しく耳元で囁かれ、ほっとしたのは束の間だった。

「人間どもなどに任せたりはせぬ。そなたの望み通りに、私がこの手で殺してやる」

「っ……、う、ぅ……」

「うまく言葉に出来ぬのなら、頷くだけでも良い。…そうすれば、二度とそなたを苦しめられぬよう小間切れの肉片にしてやる」

　絹の詰襟の上から、長くしなやかな指が光希の喉笛を愛おしそうになぞってゆく。もし光希が僅かにでも首を震わせれば、ラヴィアダリスはそれを承諾と見做し、フロリアンを引き裂くだろう。

「…ぅ…、…だ……」

　胸の奥に渦巻くどろどろとしたものが、震える喉奥から溢れた。

　異変に気付き、覗き込もうとするラヴィアダリスの手をとっさに撥ねのける。目隠しの奥に広がる傷心の気配に、苛立ちを煽られた。結局この男は、光希を理解してはくれない。光希がこんな目に遭わされているのは誰のせいなのかと、思い切り詰ってやりたかった。

「もう嫌だ……、もう嫌だ、嫌だ嫌だ嫌だ……っ！」

　だが口を開けば、迸るのは悲鳴ばかりだった。誰もが寄ってたかって、光希に重荷ばかりを背負わせようとする。命を奪わせようとする。

　…いや、光希こそが混乱の元凶なのか。たとえ魔無しだろうと、ラヴィアダリスのつがいである光希さえ同じ時期に生まれなかったら、魔宝玉で命を繋いだフロリアンはそのまま王族として幸せに暮らし、アレクシアも幽閉程度で済んだかもしれない。

　……全部、僕が悪かったんだ。

　こんなに簡単なことが、どうして今までわからなかったのだろう。

……僕さえ居なければ…、誰も、死ななくていいんだ。

「違う…、それは違う。そなたは何も悪くない。我がつがい…、我がつがい……！」

焦燥に顔を歪め、ラヴィアダリスが何か叫んでいる。マンフレートや宰相たちは慌てふためき、つがい様、どうかお鎮まりをと口々に喚き立てる。大魔術師たちが血相を変えて駆け寄ってくる。

だが誰も、光希には指一本触れられない。光希の小柄な身体の周囲を、黄金色に輝く円陣が取り巻いているから。

「…馬鹿な…、独力で転移の円陣を組んだだと…!?」

驚愕する黒の大魔術師もフロリアンも、必死に手を伸ばすラヴィアダリスさえも、円陣の輝きに阻まれてすぐに見えなくなる。光希の目に映るのは視界いっぱいに広がる黄金色の光と、同じ色の光を放つ胸元の双玉だけ。

ふわりと浮かび上がる双玉を、光希は両手で包み込んだ。ラヴィアダリスの一部なら、光希の願いを叶えてくれるとわかっていたから。

……誰も居ないところへ行きたい。僕を追い詰める全てのものから、逃げ出してしまいたい……！

双玉から大量の魔力が流れ込んだ瞬間、円陣はひときわ強い光を放ち、光希を謁見の間から飛び立たせる。

「……我がつがい。行くな…、行かないでくれ、我がつがい…、我がつがい……！」

黄金の髪を逆立たせ、絶叫するラヴィアダリスを置き去りにして。


乾いた風が頬を撫でる。

きつく瞑っていたまぶたを開き、光希は思わず後ずさった。枯れた草が、足元でがさりと音をたてる。

「何だよ…、ここは……」

目の前にそびえるのは、堅牢な石造りの要塞――いや、要塞であったものと表現すべきかもしれない。

ぐるりと巡らされた高い石塀はところどころ崩れ、もはや防壁の意味を成していなかった。四方を囲む高い監視塔はどれも根元からへし折られ、何千人もの兵士が籠城出来そうな要塞本体に至ってはあちこちに大穴が空き、半ば瓦礫《がれき》の山と化している。強めの地震でもあれば、完全に崩壊してしまうだろう。

ここで大きな戦争があった――とは思えなかった。光希の見たところ、魔術の存在を除けば、この世界の文明はせいぜい元の世界における中世程度だ。石造りの頑丈な建物をここまで破壊出来るだけの兵器があるとは、考えづらい。

魔術にしても、戦局を左右するほどの規模のものは普通の人間の魔術師には使えないと、黒の大魔術師からもらった教本で読んだ。だから光希が魔力を暴走させかけ、雷を呼んだ時、大魔術師たちはあれほど狼狽《ろうばい》したのだ。

数多の兵士たちが戦った跡というよりも、あれは――。

「まるで、巨大な獣が暴れ回ったみたいな…」

ぽつりと呟き、それは無いかとすぐに思い直す。この世界では野生の獣たちすら魔力を帯びてはいるが、徒党を組んで人間を襲う、いわゆるモンスターは居ないらしい。なら一体、何が？

首を傾げた時、冷たい風が吹き抜け、光希は慌てて長衣の前をかき合わせた。

湖上の宮殿も王宮も、何枚も衣を重ねたこの格好では少し暑いくらいだったのに、このあたりはやけに空気がひんやりとしている。その影響なのか、地面は赤茶けた土が剥き出しで、まばらに生えた雑草もほとんどが枯れかけていた。

……僕は、どこに飛んで来ちゃったんだ？

何が起きたのかは、ぼんやりとわかる。あの場から逃げ出したいあまり、またもや魔力を暴走させてしまったのだ。

溜息を吐き、胸元の双玉を掬い上げる。雷や火花をまき散らさず、魔力が転移の円陣という形を取ったのは、きっとこれが光希の願いを汲み取り、暴走を抑えつつ修正してくれたおかげだ。

「…最低だ…」

間接的にせよ、ラヴィアダリスに助けられたなんて。光希は黄金色の光を湛える双玉を指先でなぞり、再び首を傾げる。

……どうしてあの男は、光希を捕らえに来ないのだろう？

光希がどこに隠れようと、ラヴィアダリスは数秒もかからずに見つけ出し、鬱陶しく纏わり付いてきた。自ら眼球を抉り出した後もそうだ。今はラヴィアダリスの一部たる双玉を身に着けているのだから、そろそろ追いかけて来ても良さそうなものなのに。

……僕がいきなり居なくなって、おかしくなったとか…無いよな？

『……我がつがい。行くな…、行かないでくれ、我がつがい…、我がつがい……！』

耳にこびりついてしまった絶叫が、ずくりと胸を突き刺す。

ラヴィアダリスの名を紡ぎそうになり、光希はぶんぶんと首を振った。あの化け物がどうなろうと、光希には何の関係も無いことだ。追いかけて来ないのなら、今こそここから逃げ出す好機である。

まずは、ここがどこなのか確かめなければならない。崩れかけた石壁に上ってあたりを見回せば、要塞から南に向かうにつれ、草木がだんだん濃くなっていくのがわかった。生い茂る木々の奥に、何か像のようなものが置かれている。

光希は用心しつつ壁を降り、像の見えた方へ向かった。人工物があるなら、近くに人間が居るかもしれない。うまく誰かを捕まえられれば、ここがどこかも聞き出せる。

光希はすぐに己の予想の正しさを確信した。一見、無造作に茂っている木々の枝は人間の背の高さのあたりで整えられ、足元の地面は硬く踏み締められている。誰かが日常的に移動している証拠だ。相変わらず空気は冷たいが、心は安堵で少し温かくなった。

そう長くない道を抜けると、一気に視界が開けた。美しい女性の像が水瓶を掲げ、溢れ出た水をタイル張りの円盤が受け止めている。噴水だ。近くには小さな東屋が設えられ、粗末な木製の椅子とテーブルも置かれていた。光希がラヴィアダリスに与えられたそれに比べればずいぶんと質素だが、庭園……なのだろうか。

断言出来ないのは、庭園には付き物の花々がどこにも咲いていないせいだ。木々の緑一色の庭は清涼ではあるが、吹き付ける風の冷たさも手伝い、どこか寒々しい。噴水の周囲に季節の花々でも植えれば、一気に華やかになるだろうに。

「そこに居られるのは……まさか、つがい様ですか？」

低い声が聞こえ、光希はびくりと肩を震わせながら振り返った。用心深く剣の柄に手をかけ、驚愕に目を見開いた黒髪の青年には見覚えがある。ただ一人、フロリアンに付き従っていた騎士だ。誰もがフロリアンを責める中、この青年だけが主を庇っていた。だがどうして、こんなところで遭遇する？

光希の不安を察したのか、青年はさっと片膝をついた。

「……失礼いたしました。私はパトリック・バルツァーと申します。この朱涙宮《しゅるいぐう》の警護隊長を務めております」

「朱涙宮……？」

「…まさか、ご存じないのですか？」

精悍な顔に、微かな険が滲んだのは一瞬のことだった。パトリックはすぐさま表情を引き締め、淡々と説明する。

「我が主君、フロリアン殿下のお住まいです。つがい様のいらした王宮から見て南西、幽宮のすぐ南にございます」

「幽宮、って…」

確かそれは、光希を得られず、狂乱したラヴィアダリスが大魔術師たちによって封じられていた離宮のはずだ。つまり…あの、崩れかけた要塞が幽宮なのか？

――白の大魔術師様を化け物だなんて…、その御方がどれほど貴方を求め、苦しんでおられたか…！

黒のつがいの悲痛な叫びがよみがえり、光希の心を波立たせた。ラヴィアダリスの苦しみなんて、今まで一度も考えたことは無かったけれど…。

……あれは、お前なのか？

無意識にまさぐった胸元の双玉は、ほのかに温かい。

……ほとんど原型を留めていなかった建物も、崩れかけた塀も、全部お前が？

知らなかった。大魔術師たちが封印を施し、人間の手では傷一つ付けられないほど強度を増した建物を破壊し尽くすほどの慟哭《どうこく》も……怒りも憎悪も苦痛も。ラヴィアダリスは、光希にはただ狂おしい愛情だけをぶつけてきたから。常に離れず傍に在ることだけを、求めていたから。

思えば、いつもそうだ。いつだってラヴィアダリスは己について語らず、光希のことばかり知りたがる。ぽっかり空いた空洞を埋めるかのように。

「…どうして…」

「つがい様……？」

訝しげな問いかけが、光希を現実に引き戻した。頭から離れてくれないラヴィアダリスの面影を振り払い、光希は生真面目そうな騎士を見下ろす。

「すみません、ぼうっとしてしまって。…あの、バルツァーさん…」

「…私は平民ゆえ、敬称など必要ございません。どうぞバルツァーとお呼び下さい」

「…で、でも…」

躊躇う光希になど構わず立ち上がり、パトリックはくるりと踵を返した。まさか、置いて行くつもりなのか。慌てる光希を、冷静な声が促す。

「どうぞこちらへ。邸内の主君のもとにお連れ申し上げます」

「え…？　でも、僕は…」

「私は高貴なるつがい様と親しく言葉を交わせるような身分ではございません。…それにここは寒い。万が一つがい様が体調でも崩されては、我が主君が咎を受けられます」

　そこまで言われては、ただ出口の方向を教えて欲しいだけだとはとても切り出せなかった。早足で追いかける光希を、パトリックは振り返ろうともしない。鍛えられた広い背中は、光希に話しかけられることを頑なに拒んでいるようだ。

　……やっぱり、良く思われてはいないんだろうな。

　パトリックはフロリアンを、ずいぶんと大切に思っているようだった。光希の言葉一つに、大事な主君の命がかかっているのだ。疎ましく思うのは当然だろう。

　うら寂しい庭園の更に奥には、こぢんまりとした邸宅があった。あの絢爛豪華な王宮とは比べ物にならないほど古く狭いが、掃除が行き届き、傷んだ部分にはしっかり修繕を施されているおかげでみすぼらしくはない。住人が大切に手入れしながら住んでいることが伝わってくる。

「パトリック、お帰りなさい…！」

　エントランスに入ってすぐ、フロリアンが白い髪をなびかせながら駆け寄ってきた。パトリックの帰りを待ちわびていたらしい。安堵に緩みかけたあどけない顔は、光希が騎士の陰から現れるや、びしりと凍り付く。

「…つ…っ、つがい様!?　どうしてこんなところに…」

「先ほど庭園にいらっしゃるところを発見し、お連れいたしました。白の大魔術師様にお知らせするにせよ、外にいらしては風邪を召されると思いましたので」

「…ちょ…、ちょっと待って…！　僕がここに居るって、あの男に知らせるつもりなんですか!?」

光希はぎょっとして割り込んだ。せっかくラヴィアダリスと離れ離れになれたのに、居場所を知らされてしまっては台無しである。

「つがい様…」

「当然のことです。白のつがい様は今、ラゴルト王国にとって最も重要と言っても過言ではない御方。すぐにでも白の大魔術師様にお渡しせねば、国が滅びます」

何か言いかけたフロリアンを眼差しで黙らせ、パトリックが毅然《きぜん》と答えた。また、国のためなのか。苛立つ光希を、黒髪の騎士は冷ややかに睥睨《へいげい》する。

「――ご自分がどれだけ多くの命を危険に晒したのか、貴方はおわかりなのですか」

「……？」

「貴方が謁見の間から消えた後、白の大魔術師様は半狂乱になられ、魔力をまき散らしながら王宮じゅうを探し回っていらっしゃいます。おかげで殿下の処分は延期となりましたが…強すぎる魔力は、人間にとっては毒にしかなりません。魔力の根源を失っておいでだからこそかろうじて人死には出ておりませんが、万全の状態であられれば、今頃王宮は崩壊し、骸《むくろ》の山が出来ていたでしょう」

……魔力の根源を失っている？

妙に引っ掛かる言葉の意味を、問い返す余裕など無かった。フロリアンが必死に首を振るのも構わず、パトリックは非難を重ねていく。

「…ここにおいでになる途中、幽宮はご覧になったのでしょう？」

「……は、い」

「白の大魔術師様が幽閉される際、あの建物には他の三人の大魔術師様がたが強力な結界を張られました。おかげで、白の大魔術師様が荒れ狂ってもどうにか十七年間持たせることが出来ましたが…白の大魔術師様の魔力を浴び続けた影響でこの一帯の気候は狂い、未だに元には戻りません」

この一帯が妙に寒く、植物の生育も悪いのは、ラヴィアダリスのせいだったのだ。気候にまで影響を及ぼすほどの慟哭――光希が目の前で消えた今、ラヴィアダリスは再びそれを味わっているのだろうか？

「貴方はもっと白の大魔術師様のつがいである自覚を持たれるべきです。お二人がどのような関係を築いておいでなのか、卑小なるこの身には計り知れませんが…貴方があの御方から遠ざかろうとなされればなさるほど、あの御方は心乱され、周囲のあらゆるものを破壊されていく。それは人の命さえも例外ではない。…貴方の心一つで、数え切れないほどの人間が死ぬのです」

「…パトリック！　白のつがい様に、何てことを言うんだ！」

光希とパトリックの間でおどおどしていたフロリアンが、血相を変えて騎士のマントを掴んだ。

「白のつがい様は何も悪くない。…悪いのは亡き母上と、魔無しに生まれてきてしまった僕なんだ…！」

「殿下……」

苦しげに眉を寄せる騎士にくるりと背を向け、フロリアンは光希の前に跪くと、深く頭を垂れた。迷いの無いなめらかな動きは、少年が物心つく前から何度もこの動作を強いられてきたことを示している。

「申し訳ありません、つがい様。申し訳ありません……！」

「…フロリアン…」

「どうかパトリックの無礼をお許し下さい。いつも迷惑をかけてばかりの、不甲斐無い僕が全部悪いんです。せっかく近衛に入れたのに、魔無しの僕の護衛なんかに指名されてしまったから、苦労させてばかりで…」

――申し訳ありません。僕のせいで。僕が全部悪いんです。

謝罪と己を責める言葉ばかりを繰り返すフロリアンに、過去の自分がぶれながら重なった。両親や祖父母が死んだのも、多くの人々が巻き添えになって傷付いたのも死に損ないの疫病神のせいだと己を責め続けた自分。好きで死に損ないの疫病神に生まれたんじゃないと、嘆き続けた自分。

……ああ、そうだったんだ。

謁見の間で初めてフロリアンと対峙した時、涙が止まらなくなったのは、周囲に責められ続けるフロリアンに過去の自分を見たせいだったのだ。

フロリアンとて、光希と同じ。好きで魔無しに生まれたわけではないのに。

「いいえ、つがい様。私は己の存念を述べただけに過ぎません。我が主君には何の関わりも無いことでございます」

「…パ、パトリック…！」

「お咎めならば、どうかこの私に。いかなる罰も、喜んでお受けします」

青ざめる主君の横に膝を突いたパトリックが、光希には少し眩しかった。ちり、と胸を焼くのは……嫉妬だろう。

ラヴィアダリスのつがいである光希の機嫌を損ねるのがどれほど危険か、パトリックも重々承知しているはずだ。にもかかわらず敢えて苦言を呈したのは、フロリアンを大切に思えばこそである。国を危うくした大罪人として、父親にすら見捨てられた王子を。

…光希には、そこまで思ってくれる人は居ない。ラヴィアダリスは光希のためなら何でもすると言うけれど、それは光希がつがいだからだ。光希自身が大事なわけではない…。

「……顔を上げて下さい。僕は二人を責めるつもりなんてありません」

光希が呼びかけると、フロリアンとパトリックは揃ってがばりと起き上がった。主従だけあって、息の合った動きだ。くすりと笑えば、フロリアンは信じられないものを見たかのように紅い目を瞠る。

「…つがい様…、怒って、いらっしゃらないのですか…？」

「怒るようなことなんて、何も無いと思いますけど」

パトリックには、痛いところを突かれたのは確かだ。何故自分がそこまで責められなくてはならないのかと、苛立たなかったと言えば嘘になる。

けれど、怒る気にはなれなかった。むしろここに来て初めて、まともな人間に出逢えた感動すら抱いている。何せ光希が遭遇してきた人間といえば、己の大魔術師しか見えていないつがいたちに、光希とラヴィアダリスの機嫌を取るために我が子すら平然と差し出すマンフレート、そして何の異議も唱えない宰相や貴族たちくらいだったのだから。

「そんな…、白のつがい様が、そのようにお考えだったなんて……」

「殿下……」

光希の話を聞き、がっくりとくずおれそうになるフロリアンを、パトリックが気遣わしげに支えた。白い頬に伝う涙をそっと手巾で拭う騎士もまた、凛々しい目元に光るものを滲ませている。

「…………」

呼びかけようとして、光希は言葉を呑み込んだ。今のフロリアンとパトリックは、お互い以外の誰も求めていない。外とさほど変わらない寒さのエントランスに響くのは、二人分の嗚咽だけだ。

……もし生まれてすぐこちらの世界に召喚されていたら、光希とラヴィアダリスもまた、この二人のようになれていたのだろうか。

今この瞬間にも狂いそうになりながら自分を探し求めているはずの男がほんの少しだけ恋しくなり、光希は胸元の双玉をそっと両手で覆った。

「我がつがい、我がつがい、我がつがい、我がつがい……」

ひっきりなしに紡がれる狂おしい囁きが、耳の奥を侵食していく。息苦しさにもぞもぞともがけば、広袖に包まれた腕はいっそう強く光希に絡み付いた。

「…ちょ、っと…、苦しいんだ、けど…」

「…我がつがい、我がつがい、我がつがい、我がつがい…っ…」

ラヴィアダリスがふるふると首を振るのに合わせて黄金の髪も揺れ、鎖のように光希を搦めとる。抗えば抗うほど拘束はきつくなるだけだと悟り、諦めて力を抜けば、呼吸すら危ういほどの抱擁はほんの少しだけ緩んだ。

「我がつがい……、我がつがい……」

黄金の髪の隙間から、ばちばちと迸る雷に粉砕され、燃え上がっていく調度類が垣間見える。灰と化したそれらはラヴィアダリスを中心に吹き荒れる豪風に巻き上げられ、硝子が砕け散った窓から外へ散っていく。見事な幾何学模様の織り込まれた絨毯は黒焦げになり、剥き出しになった大理石の床には雷撃の爪痕が幾筋も刻まれている。

光希が主な居室としていた湖上の宮殿の一室は、ほんの数分で見る影も無いほど荒れ果てていた。無事なのはラヴィアダリスと、その腕にひしと抱かれた光希だけだ。

はあ、と小さく溜息を吐き、光希は目を閉じた。もう抵抗する気は起きない。抗っても無駄だから…ではなく、今回ばかりは自分も悪かったとわかっているからだ。

『――避けろ、二人とも！』

光希が双玉に触れた直後、焦燥の滲んだ警告が響き渡った。それが黒の大魔術師の声だと気付くより早く、雲一つ無かったはずの空に迅雷が轟き、巨大な稲妻の柱が天空からフロリアンたち目掛けて落とされる。

『……殿下っ！』

パトリックがフロリアンを抱え込み、素早く脇に避けなかったら、二人分の黒焦げの躯が転がっていただろう。転移してきた黒の大魔術師が、二人を背中に庇う。

『──どこだ…、我がつがい……』

だが、安堵したのも束の間。蜃気楼《しんきろう》のように揺らいだ空間から滲み出た男の姿に、光希は絶句してしまう。

……あれは、誰だ？

風も無いのになびく黄金の髪。黒一色の簡素な出で立ちでありながら、本物の国王より遥かに勝る威厳。目隠しに半分覆われてもなお、見る者を惹き付けてやまぬ美貌。

ラヴィアダリスだ。ラヴィアダリスに違いないのに。

……どうして、あんな……。

『私を呼んでくれただろう。迎えに来たぞ、我がつがい……』

ゆらりと顔を上げたラヴィアダリスの褐色の頬は、鮮血に染まっていた。目隠しの奥から溢れた血の涙がぽたぽたと滴り落ち、粗末な木の床を汚していく。

『…お前…』

禍々しい魔力をまき散らす化け物じみた男が恐ろしくてたまらないのに、光希の唇は勝手に動いていた。

微かな声音を聞き付けるや、ラヴィアダリスの姿はふっとかき消え――瞬きの後、光希の目の前に出現する。

『我がつがい……っ！』

力の限りに抱き締めてくる腕からも、押し付けられた胸からも、濃厚な血の匂いが漂ってきた。厭わしいはずのその匂いに何故か胸が疼き、おとなしくラヴィアダリスの腕に身を委ねると、肌をじわじわと腐食させるかのようだった魔力の波動が少しずつ治まっていき――ほっと息を吐いた次の瞬間、湖上の宮殿に転移していたのだ。

「…愛している…、可愛い、我がつがい…」

それからずっとラヴィアダリスの腕に捕らわれたまま、どれくらいの時が過ぎたのだろう。しばらく追って来なかったくせに、どうしてあのタイミングで光希の居場所がわかったのか。フロリアンたちは無事なのか。マンフレートたちとの謁見はどうなったのか。尋ねたいことは色々あるが、まずラヴィアダリスが落ち着いてくれなければ、まともな会話も成り立たない。

「なあ…、…いい加減、放せよ…」

何度目かも覚えていない呼びかけに、ラヴィアダリスはぴくりと肩を揺らした。反応があったことに驚いていると、隙間無く巻き付いていた腕がゆるゆると解けていく。

「…我がつがい…」

呟きと同時に、ラヴィアダリスは淡い金色の光に包まれた。光はラヴィアダリスの顔面や衣服を汚す血を一瞬で拭い去り、輝きの余韻を残しながら消え去る。

「……もう二度と、会えないのかと思った」

広袖に包まれた両の手が、呆然とする光希の顎を優しく掬い上げた。

頬を擦り寄せようとして思いとどまり、代わりに項を撫でたのは、じかに触れるなという光希との約束を律義に守ったのだろうか。嘆きと悲哀の残滓《ざんし》を色濃く纏わせた、こんな時でさえ…。

「どうか…、私から離れないでくれ。…私の前から消えないでくれ。それだけでいい。もう、それだけでいいから…」

「……っ…」

「…頼む。……頼むから、どうか……」

収まったはずの血の涙が、再び褐色の頬を汚していく。

――貴方が謁見の間から消えた後、白の大魔術師様は半狂乱になられ、魔力をまき散らしながら王宮じゅうを探し回っていらっしゃいます。

パトリックに指摘されるまでもない。光希が消えれば、そうなることはわかっていた。

…いや、たかを括っていたのだ。あの場には大魔術師が三人も居る。いざとなればラヴィアダリス一人、簡単に抑え込めるだろう。ラヴィアダリスとて、光希が戻らなければいずれは諦め、一人の人生を受け容れるはずだと。

だって光希とラヴィアダリスには何も無いのだ。フロリアンとパトリックの間にあったような絆も信頼も愛情も、…何も。ラヴィアダリスが光希を求めるのだって、光希がつがいだからだ。光希自身を見ているわけではない。

だから、ラヴィアダリスに光希は必要無い。光希もラヴィアダリスなんて要らない。…要らないはずだと思い込んでいたのに…この腕に包まれると、どうしてこんなに安心するのだろう。どうして……帰って来ただなんて、感じてしまうのだろう。物心ついた頃から暮らしていた施設だって、自分の家だと思えたことは一度も無いのに。

「……お前が、……お前たちが、悪いんだろ」

子どもが親相手に拗ねるような口調になってしまったのが気恥ずかしくて、光希はふいっと顔を逸らした。小さな子どもみたいにラヴィアダリスの膝に乗せられ、広袖の腕にしっかりと囲い込まれていては、今更かもしれないけれど。

「…僕は、フロリアンを傷付けたいなんて思ったことは無い。ましてや、苦しめてから殺すなんて…」

「我がつがい…？」

「…いつもそうだ。お前たちは自分の都合を勝手に押し付けて、それをさも僕の考えみたいに…だから僕は、いっそ僕が消えてしまえば、もう誰も死ななくて済むって…っ…」

みっともなく震える声は、ラヴィアダリスの胸に吸い取られた。

光希を再び腕の中に囲い込み、ラヴィアダリスは深く息を吐き出す。堪え切れない嗚咽の余韻を引きずったまま。

「すまない…、すまなかった。我がつがい…」

「…っ、……?」

「決して、そなたの心を蔑《ないがし》ろにしたわけではない。だがそなたは、ほとんど心の内を明かしてはくれぬ。…ゆえに私も同胞たちも、良かれと思ったことをそなたに強いてしまった。それがそなたを消えたいと思い詰めさせるほど苦しめているとは、知らなかったのだ…」

ぽた、ぽたと滴る血の涙が光希の長衣に落ち、素肌にまで染み込んでくる。

濡れて張り付く絹を、気色悪いとは思わなかった。ラヴィアダリスの声音もまた、光希と同じくらい…いや、それ以上に震え、かすれていたから。

「…っ…、すまない…、すまない、我がつがい…。…私は…、…私がそなたを、…く、…苦しめた…」

……こいつ、こんなふうに泣いたりするのか……。

ラヴィアダリスが何度も苦しげな息を継ぎながらしゃくり上げるたび、心を覆っていた硬い殻がぽろぽろと少しずつ剥がれ落ちていく。この男は光希を生まれ育った世界から連

れ去り、無垢《むく》な身体を犯し抜き、光希を探し出すために骸の山を築きかねない化け物だと――そうとしか、思えなかったけれど…。

「…お前たちだけが、悪かったわけじゃない」

硬い殻の奥にひっそり息づいていた心から、今までなら絶対告げられなかっただろう本音が滑り出た。硬直するラヴィアダリスの胸に、光希はぐりぐりと顔を埋める。甘ったれた子どもみたいな表情を、見られたくなくて。

「僕も、いけなかったんだ。ずっと自分を憐れんで、逃げることばっかり考えて…」

一度口に出してしまえば、素直に認めることが出来た。

ただ理不尽だと怒り嘆くばかりではなく、ならば自分はどうしたいのか、どう扱われたいのか、きちんと伝えていれば良かったのだ。光希がどんなふうに物事を考えるのかなんて、こちらの世界の住人にわかるわけがないのだから、意志の疎通など望むべくもない。それでもマンフレートたちは態度を改めてくれない可能性が高いが、ただ相手の言動を諾々と受け容れるよりは遥かにましなはずである。

光希はラヴィアダリスの長衣をきゅっと握り締めた。

「………ごめん」

「わ…っ、我がつがい……！」

ラヴィアダリスは抱擁を解き、しばらく両手をさまよわせていたが、やがておずおずと光希の背中に腕を回した。顔を上げさせようとして躊躇った末に、無理強いして嫌われたくないから諦めたらしい。まるで余裕の無い仕草に、ささくれだっていた心がほんのりと温められていく。

「何故、そなたが詫びるのだ。…そなたは悪くない。何も悪くないのだ」

「…僕が消えたせいで、王宮の人たちがたくさん死ぬかもしれなかったのに？」

「……あの騎士か」

すっと冷えたラヴィアダリスの声音は、光希が小さく身じろぐや、たちまち元の甘さを取り戻す。

「そなたは私の言葉以外、何も気にせずとも良い。この王国の全ての人間どもより、そなた一人の方が大切なのは当然の理なのだから」

「……」

「そなたは今まで、不当に奪われ続けてきた。家族を、友人を、平穏な暮らしを…何もかも。だが、これからは絶対に奪わせない。…約束する。何を犠牲にしようと、私はそなたを守り続けると」

「…お前って…、…本当に…」

馬鹿だなあと、光希は心の中で呟いた。

殊勝《しゅしょう》な台詞を吐いたって、光希がもしも居なくなれば、ラヴィアダリスはまたあの禍々しい魔力をまき散らしながら探し回るに決まっているのだ。そして光希が泣いて嫌がろうと拒もうとお構い無しに捕らえ、腕の中に囲い込む。ここが一番安全だからと。光希はラヴィアダリスのつがいなのだからと。

昨日までの光希なら、ますます逃げたくなっただけだろうけれど…。

「……もう、いいよ」

光希は詰めていた息を吐き出し、ぽんぽんとラヴィアダリスの腕を叩いた。ラヴィアダリスが躊躇いがちに手を差し出すと、たっぷりとした広袖をめくり、露わになった褐色の手に頬を押し当てる。

「……っ！　つつ、つがい？　わわわ、我が、つがい!?」

褐色の頬が、そうとわかるほど真っ赤に染まっていく。予想通り…いや、予想以上の反応に光希は小さく笑みを漏らした。

「もう、僕に直接触っていいよ。…勿論、僕が嫌なことは絶対にしないって、約束してくれればだけど」

約束出来る？　と眼差しで問いかければ、ラヴィアダリスはこくこくと壊れそうな勢いで首を上下させた。さっそくもう一方の手を広袖から出し、光希の髪を長い指で梳く。艶やかな感触を何度も堪能し、項へ指を滑らせると、ほうっと息を吐いた。

「……温かい」

「生きてるんだから、当たり前だろ」

「…そう…、生きている。我がつがいは生きている。生きて、私の腕の中に居る……」

やんだはずの涙が、また褐色の頬を伝い落ちる。

——あいつ、また死ななかったのか。

心に突き刺さったまま抜けなかった棘が、ゆっくりと溶けていく。

光希が事故や事件に巻き込まれ、どうにか無事に帰っても、喜んでくれる人は居なかった。施設の子どもたちは気味悪そうに光希を遠巻きにしたし、職員たちすら露骨に光希を避け、心配する言葉一つかけてくれなかった。

でもこの男は、光希が生きて呼吸をしているだけで至福の笑みを浮かべるのだ。

「……どうして、すぐに追って来なかったんだ？」

耳に心地良い声をもっと聞いていたくて、光希は黄金色の髪をくいっと引っ張った。痛がる素振りを見せるどころか、ラヴィアダリスは光希が髪を弄りやすいようにと、上体を少し前に傾ける。

「魔力の手をあちこちに伸ばしても、そなたの存在を捉えられなかったのだ。そなたの魔力量ではそう遠くに転移出来ないのはわかっていたゆえ、王宮をしらみ潰しに探し回っていたら突然そなたの魔力の波動を感じ、無我夢中で跳んだ」

するとあの朱涙宮に転移し、光希の傍に人間の気配があったので、無差別に攻撃を仕掛けた——ということらしい。黒の大魔術師が共に転移してきていなかったら、フロリアンたちは高確率で死んでいたのだ。

　ほんの少しだけ、光希は黒の大魔術師に感謝した。今度会ったらお礼を言ってもいいかもしれない。

「…でも、何で最初のうちは僕を探せなかったんだろう？」

「おそらく、これのせいだろう」

　光希の胸元の双玉に、ラヴィアダリスはそっと指を滑らせる。

「これは我が肉体の一部にして魔力の根源。誰にも見付かりたくないというそなたの願いを感じ取り、探査の魔力を弾いていたのだろう。朱涙宮に転移したのも、おそらくあそこが王宮内で最もひとけの少ない場所だからだ」

「…そうか…、じゃあ、あの時いきなり現れたのは…」

　ほんの少しだけラヴィアダリスが恋しくなり、双玉に触れたせいに違いない。今更ながら照れ臭くなり、長衣の胸に顔を隠そうとして、光希はふと引っ掛かりを覚える。

　――魔力の根源を失っておいでだからこそかろうじて人死には出ておりませんが……。

　そうだ。ついさっき、パトリックからも同じ言葉を聞いたばかりだ。パトリックの迫力に圧《お》されて聞けずじまいだったが、つまりは…。

「竜人の……お前の魔力の源は、目だってことなのか？」

「その通りだが？」

「お前…、そんなあっさり…っ…」

どうして教えてくれなかったのか。憤りのままぶつけそうになった言葉を、光希はぐっと呑み込んだ。

そんなの決まっている。光希がずっと耳を塞ぎ、誰の話も聞こうとしなかったせいだ。一介の騎士に過ぎないパトリックが知っていたくらいだから、このことはラゴルト王国では周知の事実に違いない。

光希の身の内に流れる大河――こちらの世界にさらわれてきて初めて知覚出来るようになった魔力の根源は、今や何の違和感も無く馴染みつつある。もしもこれを失ってしまったらと想像するだけで、全身から血の気が引いていく。

この世界において魔力を失うことは、死と同意義なのだ。現に魔無しとして生まれたフロリアンは、母王妃が魔宝玉を盗み出して与えなければ、生きてはいなかったのだから。竜の血を引くラヴィアダリスとて、何の影響も受けないわけがないのに。

「…何で、お前、そんなに嬉しそうなんだよ…」

光希はきっとラヴィアダリスを睨み付けた。だらしなく脂下《やにさ》がった表情は、目隠しではとうてい隠し切れていない。胸元の双玉も、主の心を映し出したかのようにちかちかと瞬いている。

「つがいに情けをかけられて、嬉しくない者など居らぬだろう」

「居らぬだろう、って……」

光希は真剣に心配しているのに、この温度差は何なのだろう。無意識に尖った光希の唇を、ラヴィアダリスは愛おしげになぞる。

「気を揉んでくれるな。私はこれでも九十年以上、大魔術師として王国を守護してきた身だ。魔力の根源を手放したとて、日常生活に何の支障も無い」

「きゅ、九十年以上？　…お前、今何歳なんだ？」

「今年で九十六歳だ。当代の大魔術師の中では最年少になる」

こともなげに言い放たれ、光希は二の句が継げなくなった。竜人たちの寿命が押しなべて長いのは聞いていたが、どう見ても二十代半ばの若々しい容姿を保つこの男が九十歳をとうに超えているなんて。人間なら、寿命が尽きていてもおかしくない歳だ。

いや――本当に驚くべきところは、そこではない。今のラヴィアダリスが九十六歳で、九十年以上王国を守護してきたということは…。

「…何歳の時、大魔術師になったんだ？」

「さあ？　はっきり覚えてはいないが……母の胎から出て一年ほど後だったのではないかな。攻め寄せてきた隣国の大軍を駆逐するため、戦場に立ったのが最初の任務だった」

「…戦場？　……一歳で？」

一歳の子ども…否、赤子を戦場に立たせるだなんて、そんな馬鹿なことがあってたまるか。決めたのはマンフレートか？　ラヴィアダリスの両親や黒の大魔術師たちは、反対しなかったのか？

「王国の守護は、黄金竜の定めし盟約だ。破るわけにはいかぬ」

「だからって……一歳だろう？　生まれたばっかりのお前を戦場に立たせて、他の大魔術師は何をしてたんだよ。お前の両親だって…」

「我ら竜人の成長は人間より遥かに早いのだ。生まれて一年も経てば、人間の十歳程度には肉体も成長している。当時は大陸全土で飢饉《ききん》が続き、飢えた国々が唯一豊作であった王国に四方八方から攻め入っていた。黒のも赤のも緑のも、すでに他の戦場に駆り出されていたのだ。…それに、我が両親は、私が生まれてすぐ亡くなっている」

天命ではない。母親はラヴィアダリスを産んですぐ産褥《さんじょく》で亡くなり、つがいの死に耐え切れなかった父親は後を追って自ら命を絶ったのだという。

「自殺した…？　生まれたばかりの、お前を置いて？」

「当たり前の話だ。つがいを失って狂わぬ竜人など居ない。父が自ら命を絶ったのは、狂気で王国を崩壊させ、盟約を違えてしまわぬようにという、大魔術師としての最期の矜《きょう》持《じ》だったのだろう」

自分を置いて逝った父親を、どうして誇らしげに語れるのだろう。光希には理解出来ない。ラヴィアダリスもその父親も……盟約を盾に、生まれたばかりのラヴィアダリスを戦場に送り込んだ王国も。

九十年以上前の話なのだから、命じたのはマンフレートではなく、その祖父か曾祖父あたりだろう。謁見の間での卑屈な態度を思い出し、光希は眉を顰める。ラヴィアダリスと光希…大魔術師とそのつがいの機嫌を取るためならなりふり構わない醜悪な男だと、こんな男が国王なのかとあの時はひたすら嫌悪を覚えたけれど、ラゴルト王国の王としては正しい姿だったのかもしれない。

光希が今まで想像していた以上に、ラゴルト王国は大魔術師たちの存在に依存してきたのだ。竜人とはいえ一歳の赤子を戦わせることに、何の疑問も抱かないほどに。

マンフレートにとって、元妻や幼い我が子たちの命で大魔術師の機嫌を取り結べるのなら、安いものだったはずだ。数千、数万もの軍隊に匹敵するほどの魔力の主に、絶対の安全を保障してもらえるのだから。黄金竜との盟約以降、きっとそうやってラゴルト王国は繁栄を謳歌《おうか》してきた。

そして人間を凌駕する魔力の主であり、その気になれば人間など一瞬で殲滅《せんめつ》出来るはずの大魔術師は、五百年もの長きにわたり王国を庇護し続けた。盟約を守るために――いつか異界に現れるかもしれない、つがいをその手に引き寄せるために。

「…泣くな、我がつがい」

いつの間にか溢れ出していた涙を、ラヴィアダリスはそっと舐め取った。よしよしと頭を撫でてくれる手は、どこまでも優しい。

「…って…、…お前が…」

お前が悪いんじゃないか。今になってそんな話をして、僕の心をかき乱して。

…僕は、知りたくなかったのに。お前が僕と同じだったなんて。お前の手が、身も心も蕩けてしまいそうなほど心地良いだなんて。

「ああ、そうだな。全て私が悪いのだ。そなたは何も悪くない」

むずかる赤子をあやすように囁くラヴィアダリスは、きっと光希の言いたいことの十分の一も理解していない。ただ光希がむくれてしまったから、機嫌を直そうとしているだけだ。とても楽しそうに……嬉しそうに。

「…悪かった。私が悪かった。どうか許してくれ、我がつがい…」

もしも自ら抉り出していなければ、色違いの双眸は慈愛に満ちた光を湛えていたに違いない。今は光希の胸元で揺れる双玉があるべき場所に戻り、光希だけを映して輝く様をもう一度見てみたい。

自分で自分がわからなくなり、光希はそっとラヴィアダリスの胸に額を押し当てた。

――フロリアンは処刑せず、光希の話し相手にする。

ラヴィアダリスを通じて光希が己の決断を表明すると、王宮には激震が走ったらしい。

何せ、謁見の間で光希が消えた後、荒れ狂いながら光希を探し回るラヴィアダリスの狂態を数多の貴族たちが目撃しているのだ。これはフロリアン一人を処刑しただけでは収まるまい、最悪の場合マンフレートの命を差し出さざるを得ないかもしれないとさえ囁かれていたのである。

そこへ穏当すぎる処分が下されたのだから、マンフレートたちが混乱に陥ったのは当然だ。己も息子の命も助かったというのに、本当にそれでいいのかと、マンフレートは使者を立てて問い合わせてきた。何度も何度も、光希が呆れ果てるほどに。

「…それは、仕方がありません。陛下が今まで僕を生かして下さったのは、白の大魔術師様とつがい様に無念を晴らして頂くためだったのですから」

光希がしつこい使者に辟易《へきえき》させられた話をすると、フロリアンは困ったように眉を下げた。初めて出逢った日から半月ほど。こうして朱涙宮でフロリアンと対面するのは今日が三度目だが、三度目にしてようやくまともに会話が成立するようになってきた。

…最初の日は、それはもう酷いものだった。フロリアンは光希が己を処刑するために改めて訪れたのだと思い込み、跪いたきり顔を上げようともしなかったのだから。殺すつもりもなぶるつもりも無い、本当にただ話し相手になって欲しいだけだと何度も繰り返し言い聞かせ、ラヴィアダリスにまで説明させて、ようやっと信じてもらえたのだ。

それでもその日はフロリアンが恐縮するばかりで話にならず、ろくな会話も無いまま引き上げざるを得なかった。二度目は最初の日よりはましだったが、会話はあまり弾まず、最後には体調を崩したフロリアンを気遣って一時間ほどで退散した。

三度目の今日、フロリアンは真新しい衣装を纏い、パトリックと共に出迎えてくれた。更に自ら応接間に案内し、紅茶まで淹れてくれたのだから、だいぶ光希に慣れてきたらしい。ずっと光希を警戒し続けていたパトリックも、今日はフロリアンの背後で穏やかな空気を纏っている。

応接間にはフロリアンと光希、そしてパトリックの三人しか居ない。ラヴィアダリスは邸《やしき》の外で待たせている。白の大魔術師様を待たせるなんて、とフロリアンは青ざめたが、仕方無いのだ。あの男まで傍に居たら、ますますフロリアンたちを畏縮《いしゅく》させてしまう。

それに、物理的な距離などラヴィアダリスには何の意味も無い。万が一フロリアンやパトリックが光希を害そうとすれば、あの男は即座に飛んで来る。光希の胸に、双玉がある限り…。

「……白のつがい様。本当に、僕を処刑しなくても良いのですか？」

丸いテーブルの向こう側でちびちびと紅茶を飲んでいたフロリアンが、白磁のティーカップをソーサーに置いた。折れそうなほど細い指がかかったままのカップが、かちかちと小さな音を刻む。

「…どうしてまたそんなことを。僕は君を恨んでなんかいないし、傷付けたくも…ましてや、殺したくもない。最初の日に何度も言ったのを、忘れてしまったのか？」

「いいえ、忘れるはずがありません。ただ……、……実感が湧かないんです」

そっとおとがいをシャツの襟に埋めるフロリアンからは、相変わらずほとんど魔力が感じられなかった。

十七年前、アレクシア王妃によって盗み出された魔宝玉はかろうじて神の息吹に蝕まれずに済むだけの魔力をフロリアンに与えたが、フロリアン自身に魔力を作り出す力は無いため、魔力が新たに増えることも無い。生命力に直結する魔力が欠けているせいで身体そのものも弱く、ちょっとした怪我や風邪でさえ命取りになりかねないのだと、ラヴィアダリスが言っていた。魔宝玉に膨大な魔力が蓄えられていたからこそ、フロリアンはかろうじて命を繋げたのだ。

「…僕はずっと、白の大魔術師様とつがい様に償うのだと言い聞かされて育ちました。初めてお会いしたあの日は、この呪われた命がとうとう終わるのだと思って…」

「フロリアン……」

「そんなふうに僕を呼んで下さるものだから、本当に驚いたんです。僕の名前は不吉の象徴として、誰もが忌避してきたのに…」

フロリアンは王族籍から排除されているので、正式には王族ではないのだという。代わりに与えられた『エグリマ』の姓は、古い言葉で大罪人を意味するのだそうだ。

……死に損ないの疫病神と、大罪人のお茶会か。

無言でカップを傾け、光希は密かに溜息を吐いた。聞けば聞くほど、フロリアンの境遇は自分に重なる。召喚の儀式延期の最大の被害者たる光希が、その元凶とされる少年に最も共感を覚えるなんて皮肉な話だが。

「…何度も言うよ。僕は君を恨んでいない。だから君の処刑なんて望まないし、これからもそのつもりは無い」

「白のつがい様…」

「そして、僕が望まないことをあの男……白の大魔術師が君に強いることもありえない」

そう、自信を持って断言出来る。光希がじかに触れることを許したあの日以来、ラヴィアダリスの甘さには拍車がかかる一方なのだ。

ただ光希がフロリアンを処刑しないと宣言しただけでは、マンフレートたちが余計な気を回し、光希に代わって断罪してしまうかもしれない。どうしたものかと考えあぐねていた時、ならば役割を与えてやればいいと助言してくれたのはラヴィアダリスだった。人間側で光希の話し相手が務まるのがフロリアンだけとなれば、マンフレートとて勝手に処分するわけにはいかなくなるだろうと。

恐々と助言に従った結果が今のこの状況だ。何度も使者を寄越した末、マンフレートは光希が本気だとようやく理解し、大急ぎで朱涙宮に大量の物資を送り込んだ。傷んでぼろぼろだった調度類は新品と取り替えられ、フロリアンの纏う衣装も地味ながら明らかに品質の良いものに変化した。邸自体の修築計画も、大急ぎで進んでいるらしい。

それもこれも、全てラヴィアダリスが全面的に光希の決断を支持したからだ。大魔術師たちからは反対意見も出たらしいが、最終的には被害者たるラヴィアダリスと光希二人ともが望むなら尊重すべきだと結論が出たという。

『私は、そなたが私の傍で居心地良く過ごしてくれればそれで良いのだ』

お前はフロリアンを恨んでいないのかと光希に問われ、ラヴィアダリスは迷わず断言した。薄い唇に、優しい笑みを刻んで。

『そなたが報復を望むのであれば、私はあの廃王子にありとあらゆる苦痛を味わわせる。だがそなたが平穏を望むなら、私もそうするまでのことだ』

穏やかな、だが毅然とした口調に、光希は悟ってしまった。…この男は、本当に光希…つがい以外、何の関心も無いのだと。謁見の間であんなことを囁いたのも、光希が報復を望んでいると信じていたから。ただそれだけだったのだと。強大すぎる力を持った、光希とはとうてい相容《あいい》れない化け物だと思っていたけれど…。

フロリアンは両手を膝の上に乗せ、ぽつりと呟いた。

「白のつがい様は、白の大魔術師様と心から思い合っていらっしゃるのですね。……羨ましいです」

「僕とあの男は……、……いや、君にはパトリックが居るじゃないか」

複雑すぎる自分たちの関係を説明する気にはなれず、光希は冷めかけた紅茶を飲み干した。フロリアンは背後を振り向き、無言で控えるパトリックに命じる。

「パトリック。お茶の替えを持って来てくれる？」

「かしこまりました。少々お待ち下さい」

パトリックがきびきびと退出するまで、フロリアンは沈黙を保っていた。物憂げな表情を見るまでもなく、お茶の交換がただパトリックを追い出す口実なのは明らかだ。ここには同席させていないだけで、今の朱涙宮には数多の召使いが王宮から派遣されているのだから、わざわざ騎士に下働きの真似事をさせる必要は無い。

「…パトリックと僕は、白の大魔術師様とつがい様とは全然違うんです」

溜息を吐き、フロリアンは語り始めた。

かつてパトリックは平均より高い魔力を持ち、騎士としての能力も優秀であったため、平民出身としては異例の近衛に配属されたそうだ。しかしその直後に魔無しのフロリアンが生まれ、召喚の儀式が延期されるという一大事件が勃発してしまった。

王族籍を剥奪され、朱涙宮に幽閉されたフロリアンだが、いつかラヴィアダリスと光希に処刑される日までは無事に生き延びさせなければならない。どの騎士団も不吉の象徴たるフロリアンの警護を忌避する中、警護隊長に抜擢《ばってき》されたのがパトリックだったのだ。

「パトリックにとっては、迷惑でしかなかったと思います。騎士なら誰もが憧れる近衛から、大罪人の警護に回されてしまったんですから。…おそらく、パトリックの異例の出世を妬んだ上層部の誰かが仕組んだのでしょう」

「…でも、パトリックは君を心から大切にしているように見えたけど…」

あの異様な熱気に満ちていた謁見の間で、王国じゅうから忌み嫌われる元王子を義務感だけで庇えはしないだろう。パトリックにとってフロリアンが押し付けられた重荷でしかなければ、迷い込んできた光希に処罰覚悟で諫言《かんげん》などしなかったはずだ。

「……パトリックは生真面目で優しいから、僕なんかのことも見捨てられないだけです。白の大魔術師様とつがい様のお慈悲で生き延びられましたが、パトリックには申し訳無いことをしてしまいました。やっと僕から解放され、自由になれるはずだったのに」

「フロリアン、それは…」

反論しかけた時、扉が外側から叩かれ、光希はとっさに口をつぐんだ。そっと開かれた扉から現れたのは、新しいポットを持ったパトリックだ。

「パトリック！」

「お待たせいたしました、殿下」

ぱっと振り返ったフロリアンに、騎士は柔らかく口元をほころばせる。まだ出逢って間も無い光希でも、この生真面目で融通が利かなそうな騎士が笑いかけるのはフロリアンくらいだろうと想像はつくのに…どうしてフロリアンにはわからないのだろうか？

――結局、それきりパトリックの話題には触れないまま、お茶会の終わりの刻限が訪れてしまった。フロリアンと応接間で別れ、外で待つラヴィアダリスのもとに送り届けられるまでの短い間、パトリックと二人きりだ。

「白のつがい様。……ありがとうございます」

「えっ？　…何がですか？」

エントランスの扉の前で立ち止まり、パトリックは左胸に手を当てて深々と頭を下げた。当惑する光希に、厳しい目元をほんの少しだけ和らげる。

「フロリアン殿下を赦《ゆる》して下さったばかりか、こうしてお話し相手にまで指名して下さったこと…このパトリック、心より感謝しております」

「あ……」

「白のつがい様のお話し相手になられたことで、殿下の生活は劇的に改善されました。以前は食料や薪《たきぎ》さえ滞りがちだったのですが、今は物資に事欠かずに済んでおります」

そう言いつつもパトリックがどこか物憂げなのは、改善されたのが物質面だけだからだろうか。フロリアンを処刑すべしという声は未だに根強いし、マンフレートはフロリアンを王族に戻すつもりなど一切無いらしい。何十人もの弟妹が居ながら、フロリアンは親交を温めることすら出来ないのだ。

……やっぱり、この人はフロリアンを大切に思ってる。

主従の忠誠なのか、愛情なのかはわからないけれど、義務だけで他人をここまで思いやれるはずがない。

「…いつか、フロリアンは王族に戻れるのかな？」

フロリアンが王族に戻れば、パトリックも近衛に復帰出来るはずだ。フロリアンの罪悪感も、かなり薄くなるだろうに。

パトリックは静かに首を振った。

「残念ですが――おそらく、ありえないでしょう」

「どうして…？」

「万が一にも、白の大魔術師様のご機嫌を損ねるわけにはいかないからです」

ここだけの話ですが、と前置きしてパトリックが語るには、今の大陸情勢は危険を孕んでいるのだそうだ。大陸の北で勃興《ぼっこう》したカタフニア公国がにわかに勢力を伸ばし、周辺諸国を平らげながら版図を広げているという。

「大公バルトロメオは野心の塊のような男です。我が王国とは表向き友好を保ってはおりますが、それも大魔術師様がたを恐れてのこと。大魔術師様がたの庇護を失うようなことがあれば、たちまち攻め入って来るでしょう」

「…そんなこと、初めて聞いた…」

「それはそうでしょう。大魔術師様がたは、つがい様がたに俗世の出来事は一切お知らせになりません。つがい様とは、大魔術師様の掌で愛でられ、守られる存在なのですから」

ならば何故、パトリックは今光希に教えたのか。光希がラヴィアダリスに伝えれば、処罰される可能性が高いのに。

光希の疑問を、聡明な騎士はすぐに読み取ったようだ。

「…もしカタフニアがラゴルトに攻め入れば、真っ先に戦場に立たれるのは白の大魔術師様だからです」

「ラ、……あの男が？　ラゴルト王国の騎士団は出撃しないの？」

「当然、騎士団も出撃はいたしますが…正直なところ、騎士団は士気が高いとは申せません。大魔術師様がたの庇護に慣れきり、実戦経験もろくに無い者がほとんどなのです」

九十年以上前、生まれて間も無いラヴィアダリスは戦場に送られ、王国を喰い尽くそうとする周辺諸国の軍勢と戦ったという。他の三人の大魔術師たちもそれぞれ出陣し、敵を蹴散らした。それが黄金竜とラゴルト王国との盟約だからだ。

だが、大魔術師たちの圧倒的な戦力を見せ付けられ、守られるうちに、ラゴルト王国の兵士たちは慢心していったのだろう。自分たちが命懸けで戦わなくても大丈夫。大魔術師たちがどんな軍勢も打ち倒してくれると。さもなくば、いかに竜人の大魔術師といえども、一歳の赤子が戦場に立たされるはずがない。

きっと、そうして出来上がったのが…。

「張りぼての騎士団…」

「……おっしゃる通りです」

侮辱だと憤る気配は微塵《みじん》も見せず、パトリックは恥じ入るように目蓋を伏せる。

「むろん、中にはそれを良しとせず鍛錬に励む騎士も居りますが、ごく少数です。上層部までもが大魔術師様がたに頼りきりの有様ですから…」

「…そんな状況でカタフニアとの戦争が始まったら、まずあの男が戦うことになると…」

口の奥に、苦いものがじわりと広がった。

つがいしか見えていない大魔術師と、大魔術師の機嫌を取るためならいかなる犠牲をも辞さない人間。人間は大魔術師がつがいを得るための道具でしかないのだと思っていたけれど…本当に道具扱いされているのは、大魔術師たちの方なのかもしれない。多少の犠牲にさえ目を瞑れば、王国はいかなる危難からも守られるのだから。

「…申し訳ございません。お耳汚しを…」

「いえ……」

パトリックはすまなそうに唇を歪めるが、教えてもらえて良かったと思う。もし本当にカタフニアが攻めてきて、何も知らないままラヴィアダリスが戦場に赴《おもむ》いたりすれば、光希はきっと激しい後悔に苛まれただろうから。

……だってあの男は、まだ僕の名前すら知らない……。

「どうか、フロリアン殿下と仲良くして差し上げて下さい。…貴方は殿下にとって初めての、信頼出来る存在でいらっしゃるのですから」

「パトリック…」

この主従は一度きちんと話し合いさえすればわだかまりも解け、互いの重荷を下ろせるのではないか。そうは思うものの、光希が言ったところで、フロリアンもパトリックも聞いてはくれないだろう。

歯噛みする光希に一礼し、パトリックは重厚な木製の扉を開け放つ。

「……我がつがい！」

「ちょ、ちょっと待って…！」

光希が右手を突き出すよりも、木陰に佇んでいたラヴィアダリスが瞬時に転移し、慌てふためく身体を抱き上げる方が早かった。広袖に包まれた屈強な腕は、光希の抵抗などものともせず、愛しいつがいをぎゅうぎゅうと抱きすくめる。

「我がつがい、我がつがい、我がつがい……会いたかった。会いたかったぞ」

「う、…ふっ、うぅっ…」

「ああ、もっとよくそなたの魔力の波動を感じさせておくれ。その宝石にも勝る美しい瞳に私を映して、愛らしい声を聞かせておくれ。私の愛しい、愛しいつがい…」

恍惚に蕩ける囁きが、光希の耳朶をぐずぐずと溶かしていく。愛おしそうに頬を擦り寄せられれば、すぐ傍で呆然としているはずのパトリックの存在さえ頭から消え去っていく。

「おい、……」

少し腕を緩めて欲しいと言いかけ、光希は黙り込んだ。この状況で何か一言でも口にすれば、ラヴィアダリスはそれだけで感激し、甘ったるい口説き文句をさんざん吹き込まれた挙句ますますきつく抱き締められるのはもう身に染みて理解しているのだ。大人しくされるがままになれば、比較的早く解放されることも。

「…我がつがい、…ふふ、我がつがい、我がつがい…」

期待通り、ほんの数十回ほど頬を擦り寄せられ、顔じゅうに口付けの雨を降らされただけで、執拗な抱擁は解けた。緩んだ腕の中、黄金色の髪の隙間から見える景色は、宮殿の一室に変化している。抱き締められている間に、朱涙宮から転移していたらしい。

「茶会はどうだった？　少しは楽しめたか？」

「う……」

うん、と頷く間も与えず、ラヴィアダリスはソファ代わりの大きなクッションの上に転移する。光希を抱いたまま横たわり、開かせた脚の隙間に己の脚を割り込ませると、僅かな空間すら許さないとばかりに長身を重ねてくる。

「嫌なことはされなかったか？　嫌いなものは出されなかったか？　寒くはなかったか？」

「……」

「理不尽に責められなかったか？　聞かれたくないことを問われなかったか？　そなたの純真な心を傷付けられなかったか？」

そう矢継ぎ早に問いを重ねられては、答える暇も無い。それでも、ラヴィアダリスは満足なのだろう。この男にとって大切なのは、光希が逃げずに傍に居ること。触れられるのを拒まないこと——ただそれだけなのだから。

……戦場に行くかもしれないって、本当なのか？

喉元まで出かけた質問を、光希は呑み込んだ。そうだと肯定されたら、行かないでと縋り付いてしまいそうで……絶対に呼ぶまいと決めたはずの名を、この唇が刻んでしまいそうで。

たまらなくなって長衣の胸に顔を埋めれば、ラヴィアダリスは歓喜に身を震わせる。

「ああ…、そなたは何て可愛いのだろう……我がつがい、我がつがい……」

息苦しいくらいの抱擁を心地良く感じ始めている自分に気付き、光希はそっと目蓋を閉ざした。

それから四度、五度と訪問を繰り返すうちに、光希とフロリアンは少しずつ打ち解けていった。おどおどとした態度もだんだん和らぎ、光希が元の世界のことを話せば、興味深そうに聞き入ってくれるようになった。

魔術が存在せず、全ての人間が魔力を持たない世界は、フロリアンにとってかなり衝撃的だったようだ。顔を合わせるたび、元の世界の話をせがまれた。

……今日は何を話してやろうかな。映画に興味がありそうだったから、前に流行《はや》ってたファンタジー映画の話がいいかも。

フロリアンとのお茶会は、光希にも貴重な息抜きの時間になりつつある。心を浮き立たせながらラヴィアダリスと別れ、朱涙宮のエントランスに入ってすぐ、光希はきょとんと首を傾げた。出迎えてくれたのはフロリアンではなく、パトリック一人だけだったのだ。しかも常にきっちり整えられている黒髪は乱れ、精悍な顔には焦燥が色濃く滲んでいる。

冷静沈着な騎士を動揺させるだけの、何かがあったのだ。直感した光希が問い質すより早く、パトリックは切り出す。

「――フロリアン殿下が、連れ去られました」

「え……っ!?」

悲鳴を上げそうになった光希の口を押さえ、パトリックはエントランスの奥へ引きずるようにして連れて行く。普段ならありえない強引な行動が、フロリアンの拉致《らち》が真実だと示していた。

「…どういうこと？　僕は、何も聞いていない」

小さなソファに腰かけさせられ、何度も息を整えてから、光希は直立するパトリックに小声で尋ねた。朱涙宮で何か起きたら、真っ先に王宮とラヴィアダリスのもとに報告されるはずなのだ。そして僅かな危険でもあれば、ラヴィアダリスが光希を連れて来るわけがない。

パトリックは片膝をつき、小さく首を振る。

「私が報告させませんでした。勿論、処分は覚悟の上です」

「どうしてそんなことを…。本当にフロリアンが連れ去られたんだったら、すぐ王宮に知らせて、探してもらわないといけないいんじゃ…」

「王宮に…いえ、王国のどこにも、殿下のために動く軍隊など存在しません。それどころか、殿下の身に危険が及ぶ可能性が高い。……殿下を連れ去ったのは、おそらく殿下の処遇に反対する王族か貴族でしょうから」

パトリックによれば、賊は朱涙宮の裏手から密かに侵入し、フロリアンを襲撃したそうだ。打ち捨てられた朱涙宮の裏口の位置を把握し、フロリアンの居室を的確に探り当てた鮮やかすぎる手口は、朱涙宮の情報を持つ者――すなわち王族か彼らに連なる貴族たちしか考えられないと、パトリックは断言する。

「私たちも懸命に応戦しましたが、いかんせん多勢に無勢…倍以上の数の賊には太刀打ち出来ず、まんまと殿下を奪われてしまいました」

「そ、そんな…」

血の海に沈むフロリアンを想像しかけ、光希はぐっと拳を握り締めた。落ち着け、と自分に言い聞かせる。

最初から殺すつもりなら、賊はわざわざフロリアンを拉致する必要など無かった。生かして連れ去ったのなら、すぐには殺さないはずだ。パトリックもすでに気付いているからこそ、かろうじて冷静さを保てているに違いない。

「…パトリック。王宮が駄目なら、あの男……白の大魔術師に頼むのは？」

光希の願いなら、ラヴィアダリスは一も二も無く引き受け、即座にフロリアンを助け出してくれるだろう。考えうる限り最も安全かつ確実な手段のはずなのに、パトリックは渋面のままだ。

「つがい様のお気持ちはありがたいのですが…フロリアン殿下のためには、それだけは避けなければならないかと」

今回の一件がラヴィアダリスの耳に入れば、必ずマンフレートの知るところになる。そうなれば、たとえフロリアンが無事助け出されたとしても、人心を騒がせた罪を問われ、最悪処刑されてしまうとパトリックは主張する。

「…それは…、いくらなんでも…」

ありえない、と即座に断言は出来なかった。フロリアンに…魔無しに対する人々の根強い偏見は、大魔術師のつがいの話し相手に指名されたからといって、一朝一夕に消えて無くなるようなものではない。

…ならば、どうしたらフロリアンを救えるのだ？

「白のつがい様の、お力にお縋りしたいのです」

光希の心を見透かしたように、パトリックは身を乗り出した。

「――僕の力を？」

「はい。初めてお目にかかったあの日、白のつがい様は、謁見の間からこの朱涙宮まで瞬時に転移して来られました。ならば今回も、そのお力でフロリアン殿下のもとに転移することが可能ではないかと愚考した次第です」

「…………」

光希は無言で眉を寄せた。

可能か不可能かと問われれば、可能だろう……と思う。あの時、光希は誰も居ない場所に行きたいと願い、胸の双玉はその願いを叶え、王宮内で最も人気の無い幽宮に転移させた。今回もフロリアンに会いたいと願いながら魔力を振るえば、双玉は囚われのフロリアンのもとに導いてくれるはずだ。

やったことは無いが、たぶんパトリックとフロリアンの二人くらいなら一緒に転移出来るだろう。まずパトリックと共に転移し、フロリアンを助けたらすぐ三人で朱涙宮に戻って来ればいい。賊が何人居ようと、転移の術までは使えないだろうから、この朱涙宮の中までは追って来られない。当事者であるパトリックやその部下、フロリアンと光希さえ口をつぐめば、事件が明るみに出ることも無いだろう。

確かに、フロリアンの身を思えばこれが最上の策だと思える。思えるのだが…。

「白のつがい様。…もう、時間がありません」

「パトリック…」

「時間が経てば経つほど、殿下のお命は危うくなる。…敢えて拉致したのは、思う存分拷問した上で殺すためだったのかもしれないのですから」

——僕はずっと、白の大魔術師様とつがい様に償うのだと言い聞かされて育ちました。

寂しげなフロリアンの微笑みが過り、光希は迷いを無理矢理振り切った。フロリアンの身に何かあれば、きっと一生後悔することになる。

「…わかった。フロリアンを助けに行こう」

「……！　ありがとうございます、白のつがい様。この御恩は決して忘れません。たとえ、……も……」

パトリックは破顔し、勢い良く立ち上がった。ぼそりと付け足された呟きはくぐもっていて、うまく聞き取れない。問い返す前にパトリックは支度に取り掛かってしまい、腰の剣を改め、あらかじめ用意していたらしい背嚢《はいのう》や道具類を身に着けていく。

ものの五分もかからず、準備は整った。光希はパトリックと至近距離で向かい合い、双玉を握り締める。脳裏に浮かびかけたラヴィアダリスの面影を、とっさに振り払って。

……フロリアンを助けたら、すぐに戻って来るから。

双玉は光希の心身に危難が及ばない限り、ラヴィアダリス本人よりも光希の意志を優先する。初めて幽宮に転移した時もそうだった。光希が願えば、ラヴィアダリスから光希の不在を隠し通してくれるだろう。…あの時のように、ラヴィアダリスが光希を探し求めて狂う心配は無い。

……フロリアン。どこに居るの？　フロリアン……。

目蓋を閉ざし、フロリアンの困ったような笑みを思い描く。同じ大魔術師のつがいたちよりもよほど共感を覚えられた少年は、この世界で…いや、生まれて初めての友人と呼べる存在なのかもしれない。

……君を助けたい。死なせたくないんだ。だから……！

体内を巡る魔力の大河が、光希の呼び声に応えてざわめいた。未だ制御が不完全で、ともすれば意に反して逆巻きそうになる魔力を、胸元の双玉が導いてくれる。正しい方へ——探し求める存在が囚われた方角へ。

幾本もの手と化した魔力は朱涙宮をすり抜け、王宮すらも飛び出し、更にその先へと伸びていく。

「…これほどとは…」

パトリックが間近で息を呑む音さえ、今の光希には遠い。精神の集中に魔力を添わせ、ただひたすらフロリアンを追いかける。フロリアンは魔無しだが、かつて魔宝玉の膨大な魔力を注ぎ込まれた。小柄な身体に残された微かなその残滓を、必ず探り当てられるはずだ。黒の大魔術師を唸らせるほどの魔力の主である光希なら。

見たことの無い風景が脳内で何度も切り替わり、やがて小柄な少年が映し出された。後ろ手に縛られ、座り込んだ膝に顔を埋めているけれど、あの真っ白な髪は…。

「…見付けた…」

「本当ですか!?」

うっすらと目蓋を上げてパトリックに頷いてみせ、方々に散っていた魔力の手をフロリアンに集中させる。…王宮の敷地外ではあるが、ここからそう離れてはいない。フロリアンという荷物を抱えては、あまり遠くへは移動出来なかったのか。これなら光希でも問題無く転移し、戻って来れそうだ。

「パトリック、手を…」

　素直に差し出された手を取り、大きな翼を持つ鳥が飛翔する光景を想像した。双玉が光希の魔力を導き、魔力の手が指し示す方角へ飛び立たせる。

「……っ…、く……」

　光希はきつく目を瞑り、高層ビルのエレベーターで急上昇したような感覚を必死にやり過ごす。幽宮に転移した時はほんの一瞬で苦痛も無かったが、パトリックを伴っているせいだろうか。

　軽い眩暈が過ぎ去った後、そろそろと目を開ければ、そこは見知らぬ邸の一室だった。高い天井にぶら下がるいくつものシャンデリアが、広い室内を照らし出している。部屋の造り自体は豪奢なのに、テーブル一つ置かれていないせいか妙にがらんとして寒々しい。

「パトリック？　白のつがい様まで…」

　カーテンの閉め切られた窓際でうずくまっていたフロリアンが、がばりと上体を起こす。どうやら怪我は無いようで、光希は胸を撫で下ろした。その間にもパトリックはさっと進み出て、短剣でフロリアンの縄を切りにかかる。

「パトリック…、白のつがい様まで巻き込むなんて…っ」

　喜ぶとばかり思っていたのに、フロリアンは何故かあどけなさの残る顔をくしゃりと歪ませた。尻をついたまま後ずさり、答えようとしないパトリックから少しでも距離を取ろうとする。

——何かが変だ。

「…フロリアン？」

項を冷たい手で撫で上げられたような感覚が這い上がり、身震いする光希に、フロリアンが叫ぶ。

「逃げて下さい、つがい様！」

「な、…っ…!?」

「僕なんて、どうなったって構わないけど…つがい様の身に何かあったら、王国は…っ」

言い終えるより早く、ばん、ばん、と部屋の左右の扉が勢い良く開いた。雪崩れ込んできた屈強な男たちの姿に、光希は目を見開く。

……違う！

謁見の間で見た近衛騎士のものとは違うが、男たちは皆統一されたデザインの鎧に身を固め、めいめいの武器を隙無く構えている。あんなに目立つ格好をした者たちが、人目を忍ぶ賊や貴族の私兵であるわけがない。主君に仕える騎士だ。

「ほう…、それが白の大魔術師のつがいか。なるほど、美しいものだな」

最後に入ってきた大柄な男はただ一人鎧を着用していないが、宝石が縫い取られた豪華な衣装は隆々たる筋肉で盛り上がり、高貴な身分でありながら柔弱さとは無縁だと示していた。珍しい緑色の双眸は野心と好奇に炯々《けいけい》と輝き、全身から生気を迸らせている。

この男と並んだら、マンフレートなどただの貧相な従者にしか見えないだろう。腰を折る騎士たちに鷹揚《おうよう》に手を挙げてみせる仕草が、ひどく堂に入っている。

「良くやった、パトリック。これなら我が妾の一人にしても楽しめそうだ」

「――勿体無きお言葉にございます。バルトロメオ陛下」

無理矢理フロリアンの縄を断ち切ったパトリックが、恭しく頭を垂れた。


「バルトロメオ、だって……？」

わななく唇から零れた声音は、みっともないくらい震えていた。その名前は、つい最近パトリックから聞かされたばかりだ。

野心溢れる新興公国カタフニアの大公。うわべは友好を装いつつも、虎視眈々《こしたんたん》とラゴルト王国を狙う危険人物。隙あらばラゴルト王国の喉笛に喰らい付いてくるはずの狂犬に、何故パトリックは跪く――？

「ふ……、哀れな。何も知らなかったのか」

哀れと言いつつも、猛々しい雄牛を思わせるバルトロメオの顔には愉悦が滲んでいた。分厚い唇をニイっと歪め、バルトロメオはパトリックを顎でしゃくってみせる。

「そやつはな、もうずいぶんと前から王宮や腰抜けマンフレートの動向を我らに流し続けていた。そうさな…余が大公位に就いた翌年からだから、かれこれ十年にはなるか」

「…そんな…っ…」

悲鳴を上げたのは、パトリックの腕に囚われたフロリアンだった。無理も無い。パトリックが十年も前からバルトロメオと通じていたのなら、共に在ったほぼ全ての歳月、裏切られ続けていたことになる。

「…魔無し、か」

血の気の引いた顔を一瞥し、バルトロメオはふんっと鼻を鳴らした。

「取り立てて醜くはないが、何とも気味の悪いものだな。仮にも王族とは、とても信じられぬ。よくもまあ、こんな役立たずのために一命を賭すつもりになったものよ」

「……え?」

もはや興味を失ったのか、バルトロメオは呆然とするフロリアンに目もくれない。配下の騎士たちに扉を固めさせ、光希を頭のてっぺんから爪先までじろじろと観察する。舐め回すような視線が気色悪くて、光希は思わず胸元の双玉を握った。

「ふむ。…何も知らぬままというのも哀れゆえ、そなたには教えておいてやろうか。その騎士はな、富や名誉欲しさに祖国を裏切ったのではない。祖国の情報を流すのと引き換えに、己とその魔無しの亡命と身柄の保護を願い出たのよ」

「……！」

ばっと振り返ったフロリアンから、パトリックは顔を逸らした。だがフロリアンはパトリックの胸倉を掴み、渾身の力でがくがくと揺さぶる。

「パトリック、どういうこと!?　僕とお前が、カタフニアに亡命するって…」

「……」

「大公の手引きをして、白のつがい様まで巻き込んだのは、僕のお守りが嫌になったからじゃなかったの？　……答えて、パトリック！」

いつもの気弱さが嘘のような迫力で、フロリアンは詰め寄る。さっき逃げようとしたのは、朱涙宮に侵入した賊…大公軍に己を引き渡したのが、他ならぬパトリックだからだったのだ。

警備の責任者たるパトリックなら、配下たちの目を欺くのも簡単だっただろう。ひょっとしたら、やる気の無い配下たちは大公軍の侵入にすら気付いていないかもしれない。

「……殿下が生き延びられる道は、それだけしか無いと思ったからです」

縋るような紅い眼差しに耐え切れなくなったのか、パトリックは擦れた声を絞り出す。

「大陸有数の大規模な騎士団を抱えながら、その実情は大魔術師に頼り切り、ろくな実戦経験もない騎士ばかり。上層部は現状を憂いもせず、何かあれば大魔術師に丸投げすれば良いと派閥争いに明け暮れる。国の頂点たる王すら、それが王の義務だとうそぶいて後宮に入り浸り、政《まつりごと》は宰相に任せきり。……根元から腐りきったこの国にお生まれになったこと自体、過ちだったのです。どう足掻いたところで、この国では幸せになれない」

「…っ、そんなの違う…！　僕は、ラゴルトに生まれたから…魔宝玉の魔力があったから生き延びられたんだ。白のつがい様のおかげで処刑されずに済んで…パトリックだって喜んでたじゃないか…！」

「…そうですね。全て、白のつがい様のおかげです」

すっと流された眼差しに射られ、光希は震え上がった。何の感情も窺わせない騎士の双眸の奥に、今まで決して悟らせなかった冷たい殺意が渦巻いている。

「殿下の御身の安寧は、全て白のつがい様次第。つがい様が機嫌を損ねられ、殿下を疎んじられることがあれば、マンフレート陛下は即座に殿下を抹殺されるでしょう」

「あの腰抜け王なら、迷わずやるであろうな」

バルトロメオがにやにやと割れた顎を撫でるのに合わせ、無言で佇んでいたカタフニアの騎士たちも笑いさざめく。一度も戦場に立ったことの無いマンフレートは、連戦連勝の彼らにとって侮蔑の対象でしかないのだろう。

「…上官から殿下の警護を命じられた時、私は我が身の不運を呪いました。平民出身だからといって、何故この自分が不吉な魔無しを守らなければならないのかと」

「っ……」

「ですが、幼い殿下と共に過ごすうちに……私は思うようになったのです。間違っているのは殿下ではなく、大魔術師に依存しきったこの国なのではないかと」

悲嘆に歪んでいたフロリアンの顔に、じわじわと戸惑いが広がっていく。涙の乾ききらない頬に騎士はそっと武骨な手を伸ばし、触れる寸前で握り込んだ。

「殿下。…貴方がここまで迫害されるのは、ラゴルトだからです。この国の外でなら、貴方はもっと安楽に生きていける。貴方一人が王国の興亡の責を取らされる義務など、どこにも無いのですから」

「…で…、でも…っ、僕は…っ」

「――パトリックの申すこと、尤もよな」

わなわなと震えるフロリアンに反し、意外にもバルトロメオは同意する。

「現に、ラゴルト以外の国々は大魔術師の存在無しでやっていけているのだ。むろん我が公国もな。ラゴルトに出来ぬわけがない。相応の費《つい》えと人材が必要不可欠だが、それとて国としての本来の務め。これまでのラゴルトが楽をしすぎていただけの話よ」

全面的に賛同出来てしまうのが悔しかった。認めたくないが、マンフレートよりバルトロメオの方が為政者としては数段上だ。だからこそバルトロメオは急速に版図を広げられたし、パトリックにも頼られたのだろう。

「…それで、僕は何のために連れて来られたんだ？」

答えはわかりきっていたが、敢えて問いかけたのは波立ちかけた心を鎮めるためだ。光希の不安が双玉からラヴィアダリスに伝われば、あの男はきっと駆け付けてしまう。

「それがわからぬほど愚かとも思えぬが…まあ良い、教えてやろう。白のつがいよ…お前はパトリックの手土産だ。忌々しき白の大魔術師を呼び寄せるための、な」

「…あの男が、素直に来るとでも？」

予想通りの答えを尊大に言い放つバルトロメオから、光希はじりじりと後ずさる。光希一人なら転移で逃れることも出来るが、『手土産』の光希が消えてしまったら、フロリアンは…。

「…白のつがい様、僕に構わず逃げ…っ」

光希の逡巡に目敏く気付き、叫ぼうとしたフロリアンの口をパトリックが素早くふさいだ。小柄な身体を軽々と抱え上げ、眼差しで問いかけるパトリックに、バルトロメオは悠然と頷いてみせる。

「貴様の手土産、気に入ったぞ。後ほどじゅうぶんに報いてやろう。…ことが済むまで、そこで控えておれ」

「はっ……」

パトリックはもがくフロリアンを抱えたまま下がり、その姿は騎士たちの壁に阻まれて見えなくなった。フロリアンを見捨ててでも逃げるべきなのか。非道な選択肢がちらついた瞬間、すさまじい重圧に両肩を押され、光希はがくりと膝をつく。

「ぐ…っ、…な、…何が…」

まるで、巨大な見えない重石《おもし》に圧し掛かられているようだった。懸命に起き上がろうとするたび圧し潰されそうになり、床に倒れ込まないでいるのが精いっぱいだ。バルトロメオや騎士たちは、どうして平然としていられるのだろうか。光希は呼吸すらままならず、早くも意識が遠のきかけているというのに。

「発動したか。思ったより早かったな」

「…、…っ…?」

不敵な笑みを刻み、バルトロメオは光希の前にしゃがみ込んだ。その手に乗せられた小さな黄金の小箱が、中心に嵌め込まれた宝石から禍々しい波動を放っている。

「余が何年か前に降した国は、小国ながらいにしえの魔術王国の流れを汲む古い国でな。嘘か真かは知らぬが、王国の遺産たる魔道具を受け継いでおったのだ。一時的にだが、魔力の流れを阻害する結界を造り出す魔道具を…な」

「う…っ、うう……」

「発動まで時間がかかるのが難点だが…大魔術師のつがいさえもこの有様なら、今後も有効活用出来そうだ」

そこでようやく、光希は悟った。バルトロメオがご丁寧にも自らの企みを明かしてくれていたのは、慈悲を垂れたわけではなく、魔道具が発動するまでの時間を稼いでいただけだったのだと。

結界の効果は、この部屋全体に及んでいるのだろう。にもかかわらず光希だけが痛手を受けているのは、おそらく…光希が人間離れした強い魔力の主だからだ。魔力は生命力と密接に結び付くもの。その流れをせき止められた影響は、魔力が高ければ高いほど強く受けてしまうに違いない。

半面、さほど魔力が高くないほとんどの人間にとっては何の影響も無い。せいぜい微かな違和感を覚える程度だろう。フロリアンなど、何が起きたのかすらわかっていないかもしれない。

「…さあ、呼べ。お前の大魔術師を。忌まわしい、かの白の大魔術師を」

小箱を胸元に仕舞い、バルトロメオは光希の顎をくいと掬い上げた。太い眉の下で、緑色の双眸が爛々と輝いている。

「あの化け物さえ居なければ、ラゴルトなど裸の赤子も同然。お前を質に取って手駒とすれば、この大陸は…否、世界さえ、瞬く間に余の手に落ちるであろう」

「…、呼ぶもんか…っ！」

きっとバルトロメオを睨み付ける光希の脳裏に、見たこともないはずの光景が——生まれて間も無く両親を失い、戦場に立たされたラヴィアダリスの姿が浮かんだ。

……僕を人質に取って、あの男を兵器代わりにしようっていうのか？

マンフレートよりバルトロメオの方が、為政者としてはまだまともな部類だと思っていた。だが、どちらも結局は同じ穴のむじなだ。大魔術師を…ラヴィアダリスを、便利な道具としか思っていない。

……僕の、せいで……。

身勝手な人間たちなど一瞬で屠《ほふ》れるはずの彼らが人の世に縛られるのは、いつだってつがいたちのためだ。いつ現れるかもわからない、永遠に現れないかもしれないつがいを得るため、腐りきった国にすら従っている。異界に生まれたつがいを呼び寄せるすべを、握られているがゆえに。今のラゴルト王国のいびつな状況は、突き詰めれば全てそこに結び付く。

――何故竜人は…黄金竜は、召喚の術を自分たちで習得しようとしなかったのか？

以前も抱いた疑問が再び鎌首をもたげる。だが悠長に考えに耽《ふけ》る暇など、バルトロメオが与えてくれるはずもない。

「…ふぐ…ぅっ！」

右頬が熱くなったと思った瞬間、光希の身体は僅かに浮かび上がっていた。

殴られたのだと理解したのは、床に叩き付けられ、拍車付きのブーツが無防備な腹にめり込んだ後だ。

「反論など、余は許した覚えは無いぞ。…白の大魔術師を呼べ。これは命令だ」

「う…、く…っ…」

「あくまで呼ばないと申すなら、呼びたい気にさせてやろう。余の寛大さに感謝せよ」

配下の騎士たちが光希を取り囲むと、バルトロメオは嗜虐《しぎゃく》的に笑み、ゆっくりと足を振り上げた。衝撃に身構える暇も無く、ブーツの踵が光希の腹に勢い良く下ろされる。

「ぐぁあ……！」

「…白のつがい様…！」

衝撃と同時に息が止まり、意識が飛びそうになる。微かにフロリアンの悲鳴が聞こえたが、そちらを見る余裕など無い。投げ出された手を、脚を、バルトロメオは次々と踏み付け、ぐりぐりと蹂躙する。

「い…っ、ああっ…」

「そら鳴け、ほれ鳴け。あの化け物が駆け付けずにはいられぬほど、良い声でな」

「……、ぅ……」

溢れそうになる悲鳴を、光希は必死に抑え付けた。生傷が絶えず、痛みには慣れっこだったはずの身体がみしみしと軋んでいる。このままいたぶられ続ければ、最悪命を落とすかもしれない。

それでも、呼びたくはなかった。ラヴィアダリスを…光希に触れる許しを得ただけで無邪気に喜ぶあの子どもみたいな男を、バルトロメオの兵器になんてさせたくなかった。

なのに――。

「…あ、ああ、あ……っ」

熱を帯び、まばゆい光を放ち始めた双玉を、光希はがくがくと首を振りながら両手に握り込む。来ちゃ駄目だ、来ちゃ駄目だ。心の中で叫ぶたびに近付いてくる。ラヴィアダリスの、狂おしい咆哮が。

――我がつがい、我がつがい。何故だ。何故、泣いている。

「違う…、…泣いてなんかない、から…、だから…」

――私が居る。すぐに行く。そなたの願いなら何でも叶えてやるから…。

「駄目だ…、…来るな、……来るなぁぁぁぁっ！」

「おお……！」

光希の小さな掌では隠しきれなくなった光が指の隙間から漏れ、シャンデリアの灯りを喰い尽くす。光希を踏みにじっていた足を止め、胴震いするバルトロメオの歓喜の視線の先に、それはとうとう現れる。暴力と血の匂いに薄汚れた空気を切り裂いて。

「…見付けた…、我がつがい…」

たなびく黄金の髪。長身に光の余韻を纏わせ、目隠しの奥で微笑む男は、こんな時でも…否、こんな時だからこそ神々《こうごう》しく輝いて見えた。手ぐすね引いて待ち構えていたはずのバルトロメオとその配下たちさえ、束の間、見惚れてしまうほどに。

「……、待て、白の大魔術師よ」

我に返ったバルトロメオが、光希を乱暴に引き寄せた。命令を受けるまでもなく、騎士たちがラヴィアダリスに剣や槍の切っ先を突き付ける。

「我が名はバルトロメオ、カタフニアの君主だ。貴様を呼び寄せたのは…」

「――我が愛しいつがいを痛め付けたのは、貴様か」

つがい以外の人間の言葉など聞く価値も無いとばかりに、ラヴィアダリスは目隠し越しにバルトロメオを睨み据える。常勝を誇る大公がぶるりと身震いしたのに気付いたのは、腕の中に囚われた光希くらいだろう。

「っ…、大魔術師ふぜいが、余の前で不遜であろう。――これが見えぬのか？」

「うぁ…っ…」

襟首をすさまじい腕力で掴み上げられ、光希はぐいと前に押し出された。腫れて血の滲んだ頬と、乱れた衣服の纏わり付いた身体がラヴィアダリスにさらけ出される。

「愛しいつがいをこれ以上傷付けられたくなければ、余に従え。…余のなすこと全てを従順に受け容れよ」

「…だ、駄目…っ、こんな奴の言うことなんて…」

「――やれ」

バルトロメオの合図に従い、騎士たちはいっせいに動いた。めいめいの武器から鋼鉄の棒に持ち替え、ラヴィアダリスに次々と振り下ろす。

「…や…っ、やめろぉぉぉ…っ！」

光希の絶叫は、肉を打ち据えるいくつもの鈍い音にかき消された。

必死に手を伸ばし、もがく光希を、バルトロメオはくっくっと喉を鳴らしながら押さえ込んで見せ付ける。微動だにしないラヴィアダリスが、騎士たちに容赦無く打ち据えられる様を。

……何で？　どうして抵抗しないんだよ……!?

ラヴィアダリスなら、人間の騎士くらい雷の一撃で倒せるはずだ。バルトロメオの魔道具とて、もとは人間が造り出したもの。竜の血を引くラヴィアダリスが影響を受けるとは思えない。

……なのに何故？　どうして…っ…？

「…しかし愚かなものよ。つがいにねだられたからといって、魔力の根源たる両目までくれてやるとは。こうなることはわかっていたであろうに…」

「…、え…？」

目を剥く光希を面白そうに見下ろし、バルトロメオは胸の双玉を摘まみ上げた。小首を傾げる仕草は、肉食獣が獲物をいたぶる前のそれに似ている。

「竜人の魔力はその半分以上が眼球に宿る。お前に両の目を差し出してしまった今、あの化け物には半分以下の魔力しか残されていない。…つまり今のあやつは、赤子の大きさの心臓で大人の肉体を生かしているも同然というわけだ。いかに竜人といえども身じろぐたびに苦痛が走り、正気を保つのがやっとであろうよ」

「あ、…っ…」

光希はわなわなと唇を震わせた。…そんなこと知らない。知らなかった。だってラヴィアダリスは言ったのだ。

——気を揉んでくれるな。私はこれでも九十年以上、大魔術師として王国を守護してきた身だ。魔力の根源を手放したとて、日常生活に何の支障も無い。

実際、ラヴィアダリスはあれから一度も苦しそうな様子など見せなかった。いつでも優しく微笑んで、嬉しそうに光希の機嫌を取って…。

……違う、だろ。

最近はとんと聞いていなかった自分と同じあの声が、光希の震える頬を打つ。

……お前は考えようとしなかっただけだ。今だけじゃない。ずっとずっとそうだった。可哀想なのはいつも自分。都合の悪そうなことは頭の外に締め出して、何も知らないふりをしていただけだ。

「…ぁ、うあぁぁぁぁ、ああっ！」

「ははははは！　良いぞ良いぞ、もっと鳴け！　余を興奮させられたら、今宵《こよい》の伽《とぎ》を命じてやっても良いぞ！」

バルトロメオが胸を反らして大笑すれば、騎士たちも休み無く鋼鉄の棒を振るいながら追従の笑みを浮かべる。

どす黒いものが胸の奥から噴き上げ、瞬く間に全身を染めていった。己の出自《しゅつじ》、傷付けられてばかりの運命、遠巻きにする人々。色々なものを呪ってきたけれど、今ほど他人を憎いと思ったのは初めてだ。

…いや、本当に憎いのは…。

「…僕…、だ…」

光希さえ、もっと己の境遇を受け容れていれば…ラヴィアダリスに黙ってパトリックと共に行こうとさえしなければ、この状況は防げたはずだ。ラヴィアダリスが抵抗もせず、人間の騎士たちにいたぶられているのは、全部光希のせいだ。

「……泣く、な……、我がつがい……」

なのに――滅茶苦茶に打ち据えられてもなお気高い男は、みっともなく泣きじゃくる光希に微笑みかけるのだ。この瞬間も全身を苛む苦痛など、微塵も感じさせずに。

「言ったはずだ。…そなたのためなら、私は何でも出来る」

「ふ…っ、うぅ、ああっ」

「ふはははは！　ははははっ！　何とも麗しい愛情よ。これは引き裂き甲斐がある！」

……苦しめば、いい。

肩を揺らしながら哄笑《こうしょう》するバルトロメオも、血の匂いに酔ったように凶器を振り回す騎士たちも、パトリックも…みんなみんな、ラヴィアダリスと同じ苦しみを味わえばいい…！

「ははは…、…は、はっ？」

生まれて初めての殺意が光希の心を染め上げた瞬間、双玉の片割れたる緋色の宝玉がバルトロメオの手の中で妖しく瞬いた。訝しげに双玉をかざしたバルトロメオの顔が、みるみるまに強張っていく。

「う…、…ぐぅぅぅぅ!?　うう、おお、うわあああああ！」

たまらず光希を振り解き、バルトロメオはくずおれた。床にごろごろと転がり、喚き散らす大公に駆け寄る者は居ない。嬉々としてラヴィアダリスを打ち付けていた騎士たちもまた苦悶の表情を刻み、床をのたうち回っているのだから。

「ひぃぃ…、嫌だ、嫌だ嫌だ嫌だぁっ…」

「…やめろ…、もうやめてくれ…！」

「どうして会えないんだ…、どうしてどこにも居ないんだ…!?」

あちこちで上がる絶叫には、パトリックのそれも交じっていた。軋む身体をどうにか起こしながら見れば、パトリックは部屋の隅にうずくまり、抱えた頭をぶんぶんと振っている。フロリアンが何度呼びかけても、意味不明の呻きを漏らすだけだ。

……ああ。

頬を熱い雫が伝うのを感じ、光希は双玉を掌に取った。緋色の宝玉に頬を擦り寄せ、そっと口付ける。

『我がつがい我がつがい我がつがい……我がつがい、我がつがい、我がつがい……』

奔流となって脳裏に打ち寄せるのは、双玉…ラヴィアダリスの双眸に刻まれた、過去の記憶だ。

『居ない居ない居ないどこにも居ない我がつがい我がつがい我がつがいがつがいが』

薄暗い回廊を、ラヴィアダリスがふらふらと徘徊している。まだ幽宮に監禁されたばかりの頃だろう。生気の失せた虚ろな双眸は、どちらも深い藍色だ。

『早く早く早く迎えに行ってやらなければ我がつがいが我がつがいが我がつがいが』

両脚の爪が割れるまで歩き回ると、ラヴィアダリスは石床に座り込み、己の血で円陣を描き始めた。異界から目的のものを呼び寄せる円陣――召喚の術だ。描かれた神字は完璧で、注がれた魔力もじゅうぶんなのに、何度試みても術は発動しない。ただラヴィアダリスの魔力が空しく消耗されるばかりだ。

『白の……』

魔力切れで昏倒するラヴィアダリスを、黒の大魔術師が悲しげに見下ろしている。

『知らぬはずがあるまい。我らは神の代弁者たる黄金竜の一族であるがゆえに、神の御力の及ばぬ異界に作用する力を振るえない。人間にはそのような制約が無いからこそ、黄金竜は盟約を結ばれた。知らぬはずが無いのに…』

そう、ラヴィアダリスは勿論知っていた。神に連なる身であるからこそ、この世界に縛られざるを得ないことを。

わきまえていたはずだった。…それでも、じっと待つだけなど耐えられなかった。ラヴィアダリスが安穏と過ごしている間にも、異界は異物であるつがいを排除しようと、あらゆる苦難に遭わせているはずなのだから。

『愛している愛している愛している……愛しているのに……、何故……』

せめてつがいの苦しみの何億分の一でも味わおうと、己の爪で己を引き裂いた。雷で我が身を焼いた。幽宮で一番高い塔から身を投げた。炎の中に飛び込んだ。煮えたぎった油に身を投じた。何度も何度も何度も…罪深い身がずたずたにされ、壊れる瞬間だけ、微かな安寧を得られた。

けれど竜の血はいかなる傷も一瞬で癒し、健全な肉体を取り戻してしまう。

『…すまない、すまない、すまない…我がつがい…』

絶えず流れ続ける血の涙は、ラヴィアダリスの右目を緋色に染めていった。渦巻く負の感情と衝動を魔力の根源たる瞳に封じ込め、狂気に侵されるのをぎりぎりのところで踏みとどまった。

無数に繰り返される苦痛と慟哭にラヴィアダリスが堪えられたのは、竜人の強靭な肉体と精神力があってこそだ。ただの人間ならどうなるか。その答えとも言える光景が、光希の目の前に広がっている。

「……あ、……うぁ……」

ぴくりとも動かなくなったバルトロメオをそろそろと突いても、あえかな呻きが漏れるだけだった。白目を剥き、だらりと舌を垂らした男がカタフニアの君主だとは誰も思わないだろう。他の騎士たちも似たり寄ったりの有様で、意識を保てているのはパトリックくらいだ。そのパトリックにしても未だ床にうずくまり、脂汗を滲ませているのだが。

皆、ラヴィアダリスと同じように苦しめばいい。こんな時でさえ、双玉は光希の願いを叶えてくれたのだ。その身に刻まれた苦痛の記憶を、バルトロメオたちの脳裏に流し込むことで。

「……ラヴィアダリス……」

初めて紡いだ名に、倒れ伏していたラヴィアダリスはがばりと起き上がった。信じられない、と唇をわななかせる男のもとに、光希は駆け寄る。

「ラヴィアダリス…、ラヴィアダリス、ラヴィアダリス…っ！」

「…、我がつがい、……我がつがい！」

半ば倒れるように飛び付いた光希を、ラヴィアダリスはよろけもせずに受け止めてくれた。懐かしい花の香りを胸いっぱいに吸い込み、光希は広い背中を抱き締める。もう二度と離れずに済むように。

「ごめんなさい…！　僕、お前が…ううん、貴方が僕のためにどれほど苦しんだか、ずっと知らなくて…貴方の目が教えてくれなかったら、きっとこれからも」

「そのようなことはいい」

光希をきつく抱き締めたまま、ラヴィアダリスはぐっと顔を寄せた。血に汚れてもなお神々しさを失わない美貌に、歓喜と戸惑いが浮かんでは消えていく。

「…今…、私の名を、呼んでくれたな。そなたは…、…私を…」

「……光希」

まっすぐにラヴィアダリスを見上げた瞬間、とくん、と高鳴った心臓から熱い血潮が全身に駆け巡った。本能が教えてくれる。今、ラヴィアダリスと光希は名の縁で結ばれたのだと――これからは、互いの存在を見失うことは無いのだと。

「…僕は…、光希。僕の生まれた国の言葉で、光り輝く希望、って意味」

元の世界では、名乗ったとたん嘲笑されるだけの名前だった。死に損ないの疫病神が光り輝く希望だなんて、冗談にもほどがあるだろうと。

「ミツキ…、…光希、光希、光希光希光希。…私の希望…っ…」

けれどラヴィアダリスはくしゃくしゃに顔を歪め、光希の薄汚れた頬に何度も口付けてくれるのだ。光希のずたずたになった心を癒す花の香りを、かつてないほど濃厚に振りまきながら。

「…良い、のか…？　そなたは……光希は、私の……つがいになってくれたと思って、良いのか……？」

「ラヴィアダリス……」

こんな時にもかかわらず、何だか少しおかしくなってしまった。そなたは我がつがいだと何度も繰り返してきたくせに、どうして今更泣きそうな顔をするのだろうか。

…いや、本当はわかっている。光希のせいだ。光希がこの胸に芽生えたばかりの思いをきちんと告げないから、ラヴィアダリスは不安でたまらないのだと。

「……貴方が、好き」

「光希っ……」

「貴方が…、…ラヴィアダリスが好きだよ。愛してるから…、そんな顔、しないで…」

……ああ、ラヴィアダリス、ラヴィアダリス。やっと…、貴方のものに……！

懐かしくすら感じるあの声が、喜びの余韻を残して溶けていく。…もう二度と、聞くことは無いだろう。あの声の主はもう一人の光希。異界に取り残されてもずっとラヴィアダリスを求め続けていた、竜人のつがいの本性なのだから。

「…この時を…、どれほど待ち焦がれたか……」

ラヴィアダリスは光希の両脇に手を差し入れ、軽々と持ち上げる。一抹の寂しさを覚えたのは、しばらくの間――もしかしたら死ぬまで、この足で地面を踏み締めることは無いかもしれないと予感したからだ。十七年ぶりに本当の意味で結ばれたつがいを、愛情深い竜人は腕の中から決して出さないだろう。

絡み付いて離れない執着が…惜しみ無く与えられる愛情が、渇いた心を満たしていく。

「……ラヴィアダリス、これを」

子どものように抱きかかえられ、光希は胸元の双玉を差し出した。目隠しの下から血の涙を流すこの人の、本当の笑顔が見たかった。

「光希……、愛しいつがいよ」

ラヴィアダリスが甘く囁いた瞬間、双玉は金色の光と化し、目隠しの奥に吸い込まれた。ひとりでに解けた目隠しがはらりと宙を舞い、霧散する。

「そなたに誓おう。これからは決してそなたを独りにはしない。いついかなる時も…この世に別れを告げるその瞬間さえも」

「あ、…あ、……ラヴィアダリス……！」

ゆっくりと上げられた目蓋の奥から、深い藍色の双眸が光希を愛おしげに見下ろしていた。ラヴィアダリスの右目に刻み込まれていた苦痛の記憶は、今、つがいによって浄化されたのだ。

「…僕も…、誓うよ。ずっと、貴方と一緒に居るって」

――もう二度と、その目を血の色に染めさせはしない。光希が傍に在る限り。

狂おしく抱き締められ、懐かしい花の香りを胸いっぱいに吸い込んで、光希はやっと気付いた。…身体が、妙に軽い。バルトロメオが倒れても、魔道具の結界は未だ消えていないはずなのに。

「…つがい様…、良かった…」

安堵の滲んだ声に振り返れば、バルトロメオの傍らでフロリアンが跪いていた。その手に黄金の小箱を包み込んで。

そうか、と思った。倒れたバルトロメオから、フロリアンはとっさに小箱を奪い取っていたのだ。魔力をほとんど持たないフロリアンの手に包まれたことで、小箱は魔力を阻害され、結界を維持出来なくなったのだろう。その機転のおかげで光希はラヴィアダリスの腕に飛び込めたのだ。

「…許さ…、ぬ…」

弛緩しかけた空気を、怒気も露わな呻きが揺らした。腰に佩《は》いていた剣を杖代わりに、バルトロメオがゆらりと身を起こす。

「許さぬ…、許さぬぞ…。余を虚仮《こけ》にしおった愚か者どもめ…、…我が手で、成敗してくれるわ…！」

殺気をまき散らしながら抜刀し、身構える姿は、とてもついさっきまでだらしなく伸びていたとは思えない。すさまじい胆力だ。短い間にいくつもの国々を征服しただけはある。

「…へ、陛下…」

「陛下を、お守りせねば…」

更に、バルトロメオの下で戦い続けてきた騎士たちも主君に呼応し、次々と起き上がっていく。ひっ、とフロリアンが悲鳴を上げて飛び退った。未だ双玉に刻み込まれた苦痛は癒えていないとはいえ、彼らの身体は無傷のままだ。武器を手にすれば、じゅうぶんな脅威となりうる。

だが、つがいを取り戻した竜人に恐れるものなど無かった。

「許さぬ、だと？」

魔力の根源たる藍色の双眸が、妖しい光を帯びていく。かつてあれほど怖かったはずの瞳に、光希はうっとりと見惚れた。こんなに綺麗なものは、きっとどこにも存在しない。

「許さぬのはこちらの方だ。…我がつがいを傷付けた報い、その身に受けるがいい」

言うが早いか、純白の光が炸裂する。無数の爆音はやや遅れて轟き、バルトロメオたちの鼓膜を引き裂いた。

だが、彼らは僅かなりとも苦痛を味わわなかっただろう。竜人の招来した白き万雷《ばんらい》は過たずに標的を貫き、一瞬でその身を塵《ちり》と化したのだから。爆音の余韻がたなびく室内に残されたのはバルトロメオとフロリアン、そしてパトリックだけだ。

「…白…、白い、…雷が…」

愕然と膝を折ったバルトロメオが、ぶつぶつと呟いている。光希はやっと理解した。白の大魔術師――その双《ふた》つ名《な》は、白き雷で全てを無に還すラヴィアダリスに対する、畏敬の念から生まれたものだったのだと。

やがて糸が切れたように倒れ込んだバルトロメオに、ラヴィアダリスは一瞥もくれなかった。自尊心をことごとくへし折られたあの男が、君主としても戦士としても二度と立ち上がれないのは明らかだ。

ラヴィアダリスの視線は、フロリアンとパトリック――ことの発端である二人に注がれていた。

「……全ては、私の一存でやったことにございます。殿下は何もご存じありません。罰ならば、どうか私だけに」

慈悲ゆえに残されたわけではないと、聡明な騎士は理解しているようだ。よろめきながら跪く仕草は、いつもよりかなりぎこちない。双玉に植え付けられた苦痛が、まだ残っているのだろう。それでもバルトロメオたちより軽症なのは、光希が無意識に手加減したせいだろうか。

「違います…！　パトリックにこんなことをさせてしまったのは、僕なんです。僕の護衛にさえならなければ…。パトリックをお咎めになるなら、僕の命もお取り下さい！」

フロリアンがラヴィアダリスの前に身を投げ出し、ぷるぷると震えながらも懸命にパトリックを庇う。大切に思う気持ちが自分だけのものではなかったとわかった今、フロリアンにとってパトリックは決して失えない存在になったのだ。

「殿下…、何をおっしゃるのです。私が…」

「パトリックは黙ってて！」

フロリアンが振り返りざまに一喝するや、パトリックは気圧されたように押し黙った。唯一無二の存在を、どんな手段を使っても…命を懸けてでも救う。確固たる意志が、フロリアンにかつてないほどの強さを与えている。

「……そなたは、如何したい？」

ラヴィアダリスは光希の頬を撫で、予想通りの問いを放った。あれだけの目に遭わされても、きっとラヴィアダリスの中にパトリックへの憎悪など欠片も無い。竜人の感情は、つがいだけのために紡がれるものだから。

「僕は……二人を、自由にしてあげたい」

呟いたとたん、眼差しで縋り付いてくるフロリアンに、光希は頷いてみせる。

「二人は僕と同じ、召喚の儀式の被害者だ。確かに、パトリックには確かに裏切られたけど…こんなことでもなければ、僕は何も知らないままおかしくなっていたかもしれない」

「…つがい、様…」

「だから、せめてこれから先は好きなように生きて欲しいんだ。ラゴルトにも、王家にも縛られずに。…叶えて、くれる？」

長い金色の髪をそっと握りながら見上げれば、ラヴィアダリスは藍色の双眸を優しく和ませる。

「愛しい光希。そなたの願いなら、どのようなことでも叶えてみせよう」

「……！　ありがとう、ラヴィアダリス」

ちゅっ、と自ら勢い良く唇をラヴィアダリスのそれにぶつけるのに、何の躊躇いも無かった。フロリアンとパトリックが赤面していても…いや、たとえ衆人環視の中だったとしても、同じようにしただろう。

大魔術師たちにくっついて離れなかったつがいたちの気持ちが、今ならわかる。ラヴィアダリスが傍に居るのに離れているのも、愛の行為を慎むのもありえない。

「この程度、礼には及ばぬ。…そなたは無欲すぎるのだ。もっともっとねだって欲しいくらいだというのに」

「…僕、わがままだよ？　だって、このままずうっとどこにも行かないで、ラヴィアダリスに抱いてて欲しいもの」

「…はぁ…、光希……」

澄んだ藍色の双眸に、欲情の炎が揺らめいた。光希にしか感じ取れない花の香りが、目覚めたばかりの官能を煽り立てる。

「悪い子だ…。そのようなことを言われたら、本当に放せなくなってしまうぞ？」

「放さなくて、いいよ。…ううん、放さないで。朝も昼も夜も、貴方を感じていたいから」

「光希っ……」

熱い吐息を感じるのと、唇を奪われるのは同時だった。隙間から差し入れられる舌を、迷わず受け容れる。そのままぬるりと絡め合い、混ざり合った唾液を陶然と味わおうとした時だった。パトリックがごほんと咳払いをしたのは。

「ちょ…っ、パトリック！　何て失礼なことを！」

「――失礼しました。こうでもしないと、永遠にお二人の睦まじいお姿を見せ付けられるかもしれないと危惧《きぐ》しましたので」

真っ赤になって咎めるフロリアンなど意に介さず、パトリックはぬけぬけと言い放つ。

その肝の太さに、光希はいっそ感心してしまった。一介の騎士でありながらバルトロメオと対等に取引していたことといい、この男と一緒なら、フロリアンはどこに行っても生き延びられるだろう。

「…ラヴィアダリス。お願い」

まずは二人を送り出してやらなければならない。名残惜しさを感じつつも、光希は口付けを解いた。頷いたラヴィアダリスが、パトリックに問いかける。

「我がつがいの願いだ。どこへなりとも送ってやろう。…どの国を望む？」

「ガンナを」

パトリックは即答した。カタフニアに亡命した後は、折を見てそこに移り住むつもりだったのかもしれない。後でラヴィアダリスに教えてもらったことだが、ガンナはラゴルト王国のある大陸から海を渡った南にある長閑《のどか》な島国で、人々は総じて低い魔力しか持たないそうだ。フロリアンがなるべく生きやすい国を選んだに違いない。

「いいだろう。…では二人とも、前へ」

促されるがまま、パトリックとフロリアンはラヴィアダリスの前に並んだ。微かに不安を滲ませつつも、初めて見る晴れ晴れとした笑顔で、フロリアンは頭を下げる。

「白のつがい様。…本当に、ありがとうございました。このご恩は忘れません」

「僕の方こそ…君に逢えて良かったと思ってる。どうか、幸せになって」

微笑み合う二人をじっと見守っていたパトリックが、おもむろに動いた。左胸に手を当て、深く腰を折る。

「つがい様、白の大魔術師様。……申し訳ありませんでした」

「え、…パトリック？」

光希は面食らってしまった。まさかパトリックから謝罪されるとは思わなかったのだ。だって、この男は己の行動を何ら後悔していないはずだ。さっきラヴィアダリスの前に跪いたのも、あくまで賭けに負けたからに過ぎないだろう。実際、パトリックの口から謝罪の言葉は出て来なかったではないか。

「…私は殿下をおいたわしく思うあまり、忘れていました。いえ、見ないようにしていたのです。白の大魔術師様もまた、つがいを得られず苦しんでおられたことを」

「…それは…」

「今でも、腐りきった祖国に背いたことを後悔してはおりません。…しかし、国を腐らせたのは大魔術師様がたではなく、我ら人間だった。そのことに、ようやく気付きました」

申し訳ありません、と詫びの言葉を重ね、パトリックはフロリアンの手を取った。二人が頷き合ったのを見計らい、ラヴィアダリスは朗々と歌い上げる。いつか聞いた時とは比べ物にならないほど魔力に満ち満ちた美しい旋律は黄金の神字に変化し、二人を包む円陣を組み上げた。

「…白のつがい様！　どうか、……どうか、お元気で！」

手を振るフロリアンと無言で頭を下げるパトリックが、円陣から噴き上がる黄金の光に塗り潰されていく。やがて光がやんだ時、二人の姿は消え去っていた。

…ガンナは遠い。もう二度と、二人には会えないのだろう。

「光希。…寂しいのか?」

「……少しだけ。でも、大丈夫」

光希は伸び上がり、ラヴィアダリスの首筋に縋り付いた。びくともせず支えてくれる腕が、頼もしくも愛おしい。

「僕にはラヴィアダリスが居てくれるから。ずっとずっと一緒に…」

「ああ。……もう二度と離さぬ。私のつがい、私の希望の光よ……」

そっとおとがいを掬い上げられ、乱れた髪を撫でられる。

至近距離で眼差しを絡め合うだけでは我慢出来ず、互いの唇を貪り始めるまで、さほど時間はかからなかった。


……それから、何があったのかはろくに覚えていない。

「あ、…あ…っ、ラヴィアダリス…、あん…っ…」

ふと気付けば光希は生まれたままの姿になり、同じく裸のラヴィアダリスに貫かれていた。柔らかなベッドに押し倒され、大きく開かされた脚の間にラヴィアダリスを迎え入れている。

見覚えのある天蓋から垂れ下がる帳《とばり》に囲われた空間を満たすのは、竜人の発情の証である濃密な花の香りだ。フロリアンの囚われていたあの邸から、いつの間にか湖上の宮殿に転移していたらしい。

……あれからどれくらい経ったんだろう。それに、バルトロメオは……？

配下の騎士たちは骨も残さず消されてしまったが、バルトロメオは生きていたはずだ。フロリアンやパトリックの不在も、いい加減露見しただろう。王宮は蜂の巣をつついたような騒ぎになっているのではないだろうか。

「ひゃ、あ、ああっ、あっ！」

微かに戻りかけた理性は、腹の奥を熟れた切っ先に抉られるすさまじい快感に打ち砕かれた。たぷりともたつく水音が思い出させてくれる。もう何度も、ラヴィアダリスの精を注ぎ込まれたことを。…最初にこのベッドで組み敷かれた時、自ら衣服を脱ぎ、今すぐラヴィアダリスでいっぱいにして欲しいと脚を開いたのは光希だったことも。

「…光希…、光希、光希…」

情欲に濡れた囁きに、胸が高鳴った。…ああ、そうだった。ずっと名前を呼んでいて欲しいとねだったのも、光希だったのだ。

ラヴィアダリスは勿論受け容れてくれた。肌を重ねる間じゅう、腹の中にラヴィアダリスを銜え込んでいることと引き換えに…。

「あ、…んっ、…お願い、もっと、もっと奥に…」

　抱え上げられた脚を逞しい腰に絡め、光希は広い背中にしがみついた。白い肌にはくまなく紅い噛み痕が散らされ、どこもかしこもぴったりと重なり合い、腹の中は脈打つ肉杭に占領されているというのに——まだ足りない。もっと欲しい。ラヴィアダリスが…ラヴィアダリスのつがいである証が。

「…ああ…、…可愛い、光希…っ」

　ラヴィアダリスはぶるりと胴震いし、光希の下肢をいっそうきつく抱え込んだ。もうこれ以上入って来られないと思っていた肉杭がずちゅり、ぐちゅりと這い進んでいく。びしょびしょに濡らされ、圧倒的な質量を待ち望む媚肉を掻き分けて。

「あぁ、あ…っ、ああー……！」

　がんがんと何度も奥を突かれ、光希は絶頂の快楽に包まれた。だがラヴィアダリスに押し潰された性器はひくひくと震え、僅かな涙を滲ませるだけだ。…蜜など、とうに搾り尽くされ、ラヴィアダリスの腹に収まっている。

「光希…！　愛している、愛している、私の光希っ……！」

　弛緩した身体をなおも容赦無く突き上げ、ラヴィアダリスは思いのたけを光希の中に放った。どぷどぷと注がれるその量と勢いは最初に出された時と変わらず…むしろ増しているくらいで、光希は思い知らされる。最初に犯された時は手酷くやられたと思っていたけれど、あれでも加減はされていたのだと。

「……あ、……はぁ……、…ラヴィアダリス、……ラヴィアダリスぅ……」

いっこうに止まる気配の無い精の奔流をうっとりと受け止めながら、光希は甘くさえずった。噛み痕だらけの裸身に黄金の髪だけを纏い、白い脚を褐色の腰に絡めた姿がどれほどラヴィアダリスを誘惑するか、勿論わかっている。

「…光希っ、…光希、光希、光希…！」

藍色の双眸に映る艶姿《あですがた》さえも閉じ込めてしまいたいとばかりに目蓋を閉ざし、ラヴィアダリスは光希の唇を奪った。光希は背をしならせ、差し入れられる舌に自ら己のそれを絡めていく。

唇を塞がれていなければ、ひっきりなしに嬌声を上げまくっていただろう。上も下もラヴィアダリスを詰め込まれ、腹の奥まで精を注がれ、花の香りに包まれて…。

……ずっと、こうされたかった。

混ざり合った唾液を飲み下し、腰を揺らす。今もなお放出され続けている精が媚肉に染み渡り、白い肌をより白く、なめらかに輝かせていく。

……僕の身体、ラヴィアダリスと繋がって、溶け合って……一つになって……。

「ん…、…ぅ、うっ、ん…」

遠巻きにする人々。聞こえよがしな陰口。絶えず襲ってきた事故や事件によって刻まれ

た恐怖。心の奥にわだかまっていた苦痛の記憶が流れ込む熱に溶かされ、溢れ出ていく。

後に残るのは愛おしさと——欲望だけだ。

もっともっと、ラヴィアダリスに可愛がられたい。頭のてっぺんから爪先までラヴィアダリスに満たされて、その腕の中に沈みたい。

「……、もぉ…っ…」

名残惜しそうに唇を離され、光希は荒い息を吐きながら思わずラヴィアダリスを睨み付けた。光希の望みなんてわかっているくせに、どうして離れてしまうのか。

「光希。……愛しい我がつがいよ」

ラヴィアダリスは誰をも骨抜きにする笑みを浮かべ、光希の鼻のてっぺんや頬、顎、額に口付けを落としていく。そんなんじゃ騙されないぞ、と唇を尖らせれば、微笑みは甘く蕩けた。

「私も、そなたと一時たりとも離れたくはない。そなたが望んでくれるのなら、ずっとそなたを味わっていたい」

「だったら…」

「だが、名の縁を結んだとはいえ、そなたはまだこちらの世界に帰って間も無い。立て続けに私の精を孕めば、体調を崩してしまうかもしれない」

つがいは竜人と結ばれ、同じだけ長い時を生きる存在ではあるが、元々は人間だ。竜人の桁外れの魔力を受け容れることは、柔な人間の肉体に少なくない負荷をかける。だからこそ竜人は可能な限り早くつがいを手元に引き取り、己の魔力に馴染ませながら育てるのだというけれど。

「むぅぅ……」

さらってきたばかりの光希を抱き潰したくせに、と詰ってやりたかったが、壊れやすく愛おしいものを慈しむような眼差しに毒気を抜かれてしまった。亡き両親が生きていたとしても、これほど深い愛情で包んでくれることは無かったに違いない。

「……ふん、だ」

つんとむくれたふりで、光希はそっぽを向き、腰に絡めた脚も解いた。欲張りな媚肉は未だ雄々しさを保ったままの肉杭に喰らい付き、背中にしがみつく腕もそのままなのだから、下手な芝居だと気付いても良さそうなものだ。

「光希、……ああ、光希……」

だがラヴィアダリスはこの世の終わりが訪れたかのように顔色を失い、光希の両頬に掌を添えるのだ。

「悪かった…私が悪かったから、どうか機嫌を直しておくれ。肌を合わせているのに、そなたが私を見てくれないなど……頭がおかしくなってしまいそうだ」

「……つーん」

わざとらしい効果音を口にしながら、大げさな仕草で別の方を向いてやる。我ながら何をやっているんだと突っ込みたくなる子どもじみた行為だし、他の誰も騙せないだろうが、ラヴィアダリスに限れば効果は絶大だ。

「…っ、光希…、…頼む、頼むから、私を…」

「……」

「私を見て。その宝玉よりも澄んだ美しい瞳に、私を映しておくれ…」

切なる訴えは哀切の響きを帯び、震えている。もっと焦らしてやろうかと思ったのに、身体が勝手に動いた。

「…もう。仕方無いなあ」

いかにも不承不承のていで向き直り、尖らせていた唇を解いてやる。たったそれだけで、ラヴィアダリスは容易く美貌を輝かせるのだ。

「はあ……、光希。そなたは世界で一番美しく愛らしいだけではなく、何と優しい子なのだろう……」

「ふ…っ、ふふっ…」

「可愛い、可愛い。そなたほど可愛いものはこの世に存在せぬ…」

あまりの呆気無さに笑う光希に、ラヴィアダリスはでれでれと笑み崩れる。それがおかしくてまた光希は笑い、ラヴィアダリスも笑う。

「ねえ、ラヴィアダリス……」

　ふと笑みを引っ込め、光希はラヴィアダリスの掌に頬を押し付けた。真剣な空気を感じ取ったのか、ラヴィアダリスも表情を引き締める。

「どうした？　光希」

「…その…、召喚の術のことなんだけど。ラヴィアダリスたちが自分で儀式を行えないのは、黄金竜の血を引いているせいなんだよね」

　双玉が見せてくれたラヴィアダリスの記憶の中で、黒の大魔術師がそう言っていたはずだ。承知の上で召喚の円陣を描き続け、魔力を消耗しては昏倒していたラヴィアダリスを思い出すと、寒気が走る。

「…大丈夫だ、光希。そなたは私の腕の中に居る」

「ラヴィア、ダリス…」

　甘い囁きと腹の中に収まったままの脈動が、光希を冷たい記憶から引き上げてくれた。何度か深呼吸を繰り返し、光希はラヴィアダリスの広い背中を撫でる。

「…ありがとう、ラヴィアダリス」

「良い。そなたの苦しみは私の悲しみだ。…それで、召喚の儀式がどうした？」

「うん…、…あの、あのね、僕なら、召喚の術が使えるようになるんじゃないかなって」

　思い切って告げたとたん、藍色の双眸が丸くなる。やはり見当違いだったのだろうか。

光希は微かな不安を覚えつつも、懸命に言い募る。

「あの、だからね、ラヴィアダリスたちは黄金竜の…神の代弁者の血を引いているから、神様の力の及ばない異界に作用する術を使えないんでしょ。でも僕はラヴィアダリスのつがいだけど、強い魔力があって、神様の血は引いてない。だったら、仕組みさえわかれば、僕でも召喚の術を使えるようになるんじゃないかと、思ったんだけど…」

そう、双玉の記憶が流れ込んできた時から密かに考え続けていた。ラヴィアダリスを始めとした大魔術師たちがラゴルト王国を守護するのは、人間の力に頼らなければ異界に生まれてしまったつがいを呼び寄せられないからだ。

ならばラヴィアダリスのつがいである光希が召喚の術を習得すれば、大魔術師たちがラゴルト王国に協力する必要は無くなる。パトリックやバルトロメオが指摘したように、大魔術師たちに頼り切り、腐り果てたラゴルト王国には波乱の嵐が吹き荒れるだろうが、それも今まで楽をしすぎた付けを払うだけだと言える。

魔宝玉を満たすため、幼い王子王女たちの魔力が搾取《さくしゅ》されずに済む。フロリアンの悲劇も、二度と繰り返されないだろう。

良いことずくめだと思ったのだが、だんだん不安が大きくなってくる。何故ラヴィアダリスは何も言ってくれないのか。無知すぎるつがいに、嫌気が差してしまったのか…。

「……私のつがいは世界一美しく愛らしい妖精だと思っていたが、まさか天の御遣いだったとは」

目尻に涙が滲みかけた時、ラヴィアダリスがようやく口を開いた。きょとんとする光希の額に、ちゅっと愛おしそうに唇を落とす。

「…、ラヴィアダリス、何言ってるの？」

「今すぐ城の結界を二重にしなければ。…いや、三重…四重でも足りぬ。湖には常に雷の網を張り巡らせ、ゴーレムどもに守護させて…」

「ラヴィアダリスってば…！」

光希はたまりかね、黄金の髪をきゅっと引っ張った。目を血走らせながらぶつぶつ呟き続けていたラヴィアダリスが、がくんと首を揺らし、光希に焦点を合わせる。

「光希…、どうした？」

「それは僕の台詞だよ。いきなりわけのわからないことばっかり口走って…。…僕の考え、やっぱりおかしかったの？」

「おかしい？　――まさか。そんなことがあるわけないだろう」

晴れやかな笑みで光希の不安を霧消させ、ラヴィアダリスは白い項を吸い上げた。刻まれた紅い痕を、長い指先で満足そうになぞる。

「そなたは何も間違ってなどいない。確かにそなたほどの魔力の主であれば、召喚の術を発動出来るようになるだろう」

「本当に!?　…、…でも…」

喜びも束の間、すぐさま新たな不安に襲われる。だったら何故、ラヴィアダリスは喜んではくれないのか。光希の提案を、疎んじているわけではないのはわかる。だが、手放しで歓迎しているふうでもない。光希が召喚の術を習得すれば、盟約からも解放されるというのに。

…盟約。ああ、ひょっとして。

竜人たちの始祖たる黄金竜は、彼らにとって神聖にして絶対の存在だろう。黄金竜が取り交わした盟約を違えること自体、許されざる禁忌なのかもしれない。ラヴィアダリスは愛しいつがいをがっかりさせるのが忍びなく、告げられずにいるのでは…。

「黄金竜の盟約のことを気にしているのなら、無用というものだ」

光希の不安を、結ばれたばかりの竜人は過たずに読み取った。

「盟約は、単に召喚の術の行使と引き換えに我らが守護を与えるというだけのもの。…術の使い手がラゴルト王家の者でなければならない、という決まりは無い」

「……神の代弁者との約束なのに、そんないい加減でいいの？」

何だか、ラヴィアダリスが法の抜け道を駆使する悪徳弁護士のように見えてきた。人間の法などに縛られない竜人は、不敵に微笑む。

「構わぬさ。黄金竜とて、我ら同様つがいしか見えておらぬのだ。下界の子孫が何をしても、いちいち咎め立てなどしないだろう」

「え、…えっ？　黄金竜って……、まだ生きてるの？」

「神の代弁者なのだ、むろん生きている。下界に降りてくることも、我らに干渉することもまず無いがな」

…ということは、黄金竜のつがい…元は人間であった女性も、まだ天上で生きているのだろう。五百年前に召喚された時の姿のままで。

途方も無い話にくらくらするが、光希にとっては他人事ではない。ラヴィアダリスは黄金竜の先祖返りとも謳われる竜人だ。さすがに黄金竜ほどではないだろうが、きっと他の竜人たちより更に永い時を生き続ける。…光希と共に。

「…じゃあ、どうして喜んでくれなかったの？」

不安と、それを凌駕する歓びに胸を震わせながら問えば、ラヴィアダリスは藍色の双眸を微かに泳がせた。珍しく答えを躊躇っている。

「……そなたが、私以外の同胞にとっても重要な存在になってしまうと思ったからだ」

じっと光希に睨まれた末、ラヴィアダリスはようやく白状した。ラヴィアダリスのつがいである光希は、これから永い時を生き続ける。その光希が召喚の術を習得することは、これから先生まれてくるであろう未来の竜人にとって大いなる福音だ。基本的につがいにしか執着しない竜人たちも、こぞって光希を崇め、守ろうとするだろうと。

「崇めるって…大げさじゃない？　竜の血さえ引いていなければ、召喚の術は使えるようになるんだよね。例えば、黒のつがいなんかも…」

「いや、黒のつがいには無理だ。他の誰であっても不可能だろう」

そもそも召喚の術は、普通の人間では発動出来ないほど大量の魔力を消費する術なのだという。神ですら手出し出来ない異界に干渉するのだから、それは当然だろう。

かつて召喚の術を編み出したいにしえの魔術王国は、数十人の魔術師が同時に儀式を行うことで魔力を補っていたらしい。だが王国の崩壊と共にその技術は失われてしまった。そして術を受け継いだラゴルト王国は、魔宝玉に魔力を蓄える方式に切り替えたのだ。

そちらの方が王家にとって都合が良かったのだろう。召喚の術を執り行えるのが王族だけという事実が、王家の権威を絶対のものにしてくれる。

「単独で召喚の術を発動させせられるほどの魔力を有する人間は、そうそう居ない。もし居たとしても、人の世のしがらみに縛られた者に術式を教えるわけにはいかなかった。…ゆえに光希、そなただけしか居ないのだ。召喚の術の使い手となりうる者は」

竜人のつがいである光希は、人間だが人の世のしがらみとは無縁な上、ラヴィアダリスという強力な守護者も付いている。ラゴルト王国の後釜を狙う国や組織が出現しても、光希をさらうのは不可能だ。

「…僕だけ、しか…」

「だがそれには、相応の苦労も伴う。いかにそなたが規格外の魔力の主であっても召喚の術ほどの高位魔術を習得するには厳しい修練が必要となろうし、習得したらしたで、そなたは同胞たちから崇め奉られてしまう」

厳しい修練はともかく、竜人たちの信頼を得るのは良いことのはずなのに、さも忌々しげな口調がおかしくも愛おしかった。光希はくすくすと笑い、ラヴィアダリスの腰に白い脚を絡める。ゆっくりと、滑らかな肌を擦り付けながら。

「っ…、…光希…？」

「僕は大丈夫。もう二度と僕やフロリアンみたいな存在を出さないためなら、どんな努力だってしてみせる」

腹の中の肉杭は逞しさを保ち、さっきからどくんどくんと脈打っている。…光希が欲しいと泣き叫んでいる。

「…それに…、僕にはラヴィアダリス以外の誰も見えないから…」

だから安心してと告げる前に、細い腰がふわりと浮かんだ。光希の両脚を担ぎ上げたラヴィアダリスが、抜ける寸前まで引いた腰を勢い良く打ち込む。

「あ、あぁー……！」

ぬかるんだ隘路《あいろ》を一息に貫かれ、媚肉は歓喜にわなないた。まだ吸収しきれていなかった精が腹の中でたぷんと揺れ、光希は唇を舐め上げる。

……何て、綺麗なんだろう。

獰猛な光を帯び、縦に裂けていく瞳孔に魅せられる日が来るなんて、初めて犯された時には夢にも思わなかった。神に連なる血を引く高貴で気高い男をただの獣に堕とせるのは……光希だけだ。

「――光希、光希、光希光希光希光希…」

「…うん、ラヴィアダリス…」

もはやつがいの名しか口に出来なくなった愚かで愛しい獣の背に、光希は思い切り爪を立てる。痛みすら、つがいに与えられるのであれば甘美だと知っているから。

「いいよ。…僕の体調なんて気にしなくていいから…好きなだけ抱いて。僕は…」

――ラヴィアダリスに、滅茶苦茶にされたい。

耳元に吹き込んだ誘惑は、たちまち媚薬と化して竜人を狂わせた。雄叫びを上げ、ラヴィアダリスは光希の唇にむしゃぶりつく。

「ん……っ、んっ、うぅ…っ…」

息苦しささえ快楽にすり替わっていく感覚に酔い痴れながら、光希は腰をくねらせ、白い胸を褐色の胸板に擦り付けた。ラヴィアダリスが己の匂いを擦り込むことに夢中になっていたせいか、今日はまだあまり可愛がられていない小さな双つの肉粒は、愛撫を求めてつんと尖っている。

「う、…あ…、あ、ぁぁ……！」

どこまでも従順な獣は即座に光希の願いを読み取り、肉粒にかぶりついてくれた。ちゅうちゅうと無心に吸われると、自分より一回り以上大きな男がまるで赤ちゃんのようで、愛おしさがこみ上げる。

……こんな、気持ちだったのかな。

つがいを幼い頃から傍に置き、手ずから育てる竜人も、彼らの強すぎる愛情を当然のように受け止めるつがいたちも、かつては異常としか思えなかったけれど。

……ラヴィアダリスに、育てられてみたかった。

生まれてすぐこちらの世界に召喚され、ラヴィアダリスの愛情に包まれて育ってみたかった。黄金竜の血を引く竜人でも、時間を巻き戻すことは出来ない。幼い光希を見守る優しい眼差しも、撫でてくれる手の優しさも、共に眠ってくれる温もりも想像するしかない。失ってしまった十七年の歳月を思うと、胸が締め付けられるけれど。

…きっと、これから共に過ごす濃密な時が癒してくれる。

「光希…愛している、愛している…。…そなたは、私の全てだ…っ」

「あ、…あ、…僕も…、僕も愛してる…、ラヴィアダリス…！」

胸に吸い付いて離れない男の頭を豪奢な金髪ごと抱き締め、光希は歓喜の涙を流した。これからはこの男の傍らが光希の居場所だ。もう二度と、孤独に震える日は来ない。

……ただいま。

胸の奥の囁きは、溢れ出る甘い喘ぎに溶けて消えた。


その後、ラヴィアダリスの欲望の限りをぶつけられた光希は指一本動かせなくなり、しばらくベッドで過ごすことを強いられた。天蓋の帳の外にも出られない生活は窮屈だったけれど、ラヴィアダリスが嬉々として世話を焼いてくれるので何の不自由も無い。

自分では動けない光希の代わりに、大魔術師とそのつがいたちは代わる代わる光希を見舞い、外の情報をもたらしてくれた。

「カタフニアはラゴルトに降伏したぞ」

最後に訪れ、一番気になっていたバルトロメオの結末を教えてくれたのは黒の大魔術師だ。傍らには物言いたげな表情のつがいの少女が居て、黒の大魔術師の陰からじっと光希を見詰めている。

――光希と共に湖上の宮殿へ戻る前、ラヴィアダリスは呆然自失状態のバルトロメオをマンフレートの目の前に放り捨てていったらしい。

大陸に動乱の渦を巻き起こし、いずれは確実に牙を剥くと思われていた公国の君主がたった一人で放り込まれたのだ。当然、王宮は上を下への大騒ぎになった。ラヴィアダリスが何の説明もしていかなかったから、尚更だ。

マンフレートは湖上の宮殿に幾度も使者を送ったが、皆結界に弾かれ、すごすごと退散してきた。そこで急遽《きゅうきょ》黒の大魔術師が呼び出され、ことの調査と収拾に当たる羽目になったのだ。

黒の大魔術師はバルトロメオに染み付いたラヴィアダリスの魔力を辿り、フロリアンが囚われていたあの邸を探し当てた。光希の睨んだ通り、王都からほど近い街の外れにあったそうだ。書類上は王国貴族の別荘だが、その貴族は実在しない。ラゴルト国内での活動拠点として、バルトロメオが所有していたのだろう。…おそらくは、パトリックが内通した頃から。

バルトロメオの騎士は軒並み雷で消滅させられたが、邸を維持するための使用人たちは生き残っていた。雷の轟音に恐れおののき、地下室に逃げ込んでいたのだ。

厳しい尋問の末、カタフニアが十年以上前からラゴルト国内で暗躍していた事実やフロリアンと光希の拉致が明らかになり、バルトロメオは正式に虜囚とされた。そこから始まったラゴルトとカタフニアとの交渉は、カタフニアが全面的に非を認め、降伏するという形で決着が付いたという。絶対的な指導者であったバルトロメオを人質に取られては、大魔術師の庇護を受けるラゴルトを敵に回せるわけがない。降伏の使者が訪れるまで、数日もかからなかったそうだ。

「新たな人質となる公子と引き換えに、大公はカタフニアに返されたが…あれはもう、使い物にならぬであろうな」

説明を終えた黒の大魔術師が、眉を顰めるのも無理は無い。最後に見たバルトロメオはラヴィアダリスの雷に自尊心をへし折られ、生きた屍《しかばね》のような有様だった。あの男が野心に身を燃え立たせる日は、二度と無い。

「…あの…」

バルトロメオの末路には何の感慨も湧かないが、ラヴィアダリスの代わりに働いてくれた黒の大魔術師には礼を言わなければならないだろう。口を開きかけた時、ずっともじもじしていたつがいの少女が黒の大魔術師の陰から飛び出す。

「……ごめんなさい！」

てっきりまた何か文句をつけられるのかと身構えたらいきなり頭を下げられ、光希は抱き締めてくれるラヴィアダリスの腕の中で困惑した。黒の大魔術師は平然と腕を組んでいる。つまりこれは、黒の大魔術師公認の行動ということだ。

「…私…、貴方を誤解してた。せっかく白の大魔術師様に逢えたのに、過去のことばっかり気にするわからずやだって」

「それは……」

仕方無いよと返す前に、つがいの少女はぶんぶんと首を振る。

「白の大魔術師様から伺ったわ。貴方は私たちのために、召喚の術を習得するつもりなんだって」

「……！」

驚いて振り向けば、ラヴィアダリスは甘く微笑みながら頷いてみせた。何もかも放り出して光希に張り付いているのだとばかり思っていたのに、光希の眠っている間にきちんとやるべきことはやっていたらしい。

「貴方が召喚の術を習得してくれたら、私の愛しい人は……この子も、ラゴルトのために戦場に立たなくて良くなる。貴方は私たちの救い主よ」

「え？　…この子？」

つがいの少女が下腹部にそっと手を当てながら晴れやかに笑ったので、光希はぽかんとしてしまった。意味するところはわかるのに、理解出来ない。だって少女はどう見たってまだ中学生になるかならないかで、妊娠なんて早すぎるはずで…。

「我がつがいはこれでも三百歳を超えている。初の子ゆえ身体に負担はかかろうが、腹の子はどうやら平均的な魔力しか持たぬようだ。つがいも子も無事にお産を終えるだろう」

黒の大魔術師によって明かされた少女の年齢よりも、腹の子の魔力についての話の方が衝撃的だった。平均的な魔力の子なら母子共に無事だというのならば、魔力の強すぎる赤子の場合、母子どちらかに危険が及ぶかもしれないということだ。…ラヴィアダリスを産んで力尽きた、母親のように。

光希はそっとラヴィアダリスを窺うが、輝く美しさを増すばかりの男は何ら気にした様子も無く、黒の大魔術師に祝いの言葉を告げている。

やがて黒の大魔術師は光希に向き直った。

「…白のつがい殿であれば、二、三年もあれば召喚の術を行使出来るようになるだろう。我らもそのつもりでラゴルトを出る準備を進めておく」

「そ、そんなにあっさりと決めちゃっていいものなの？」

「いいも何も、白のからこの話が出た時、赤のも緑のも諸手《もろて》を挙げて賛成したゆえな。召喚の術と引き換えに守る対象が、白のつがい殿になるだけのことよ」

からからと笑う黒の大魔術師は…ここには居ない赤と緑の大魔術師たちも、間違い無くラヴィアダリスの同胞だ。いっそ感心してしまうくらい、つがいしか見えていない。同じ気持ちでいるのだろうつがいの少女と目が合い、二人して苦笑する。

「召喚の術を掌握するのは、我らの密かな宿願であった。…白のつがい殿。あれだけのつらい目に遭いながら、決断してくれたその勇気と気高さに我らは敬服する。これよりは一丸となって貴殿を守ると誓おう」

初めて見る神妙な表情で腰を折る黒の大魔術師に、つがいの少女も倣《なら》った。もう誰にも自分やフロリアンと同じ轍《てつ》を踏ませたくなかっただけなのに、ものすごく買いかぶられているような気がする。

　ぶるりと震える光希を、ラヴィアダリスがきつく抱きすくめた。

「その必要は無い。我がつがいを守るのは、私だけの特権だ」

　――そうだろう？　愛しい光希。

　光希にだけ聞こえる声で囁かれ、身体からすうっと強張りが抜けていった。甘く蕩ける藍色の双眸が、光希だけを映して乱れるところを見たい。…火照《ほて》り始めた肌を、今すぐに重ねたい。

「…あー…、二人とも。我らはすぐ退散するゆえ、今少しだけ堪えてくれぬか」

　気まずそうに割って入りつつも、黒の大魔術師はどこか嬉しそうだ。光希とラヴィアダリスのつがいらしい姿に、安堵したのかもしれない。

「白の、安堵せよ。勿論つがい殿を守るのはそなただ。我らはそなたらを脅かす企みを、全力で阻止する」

　光希が召喚の術を習得しようとしていることを知れば、ラゴルトは当然あらゆる手段で邪魔するだろう。めでたくラゴルトを出た後も、数多の国々が光希を手に入れようと暗躍を始める。ラヴィアダリスが光希の身辺を守り、黒の大魔術師たちが人間の陰謀を潰して回ってくれれば、光希の安全は約束されたも同然だ。

　光希はラヴィアダリスに支えてもらい、黒の大魔術師に手を差し出した。

「ありがとう、黒の大魔術師。そして……これからもよろしく」

「……！　勿論だ、白のつがい殿」

二人は固く握手を交わし――ものの十秒も経たず、ラヴィアダリスに引き離された。

呆れはしない。嫉妬の塊のような竜人が他の男…それも同じ竜人に触れるのを許したこと自体、驚愕に値する寛容さなのだ。ラヴィアダリスも内心では黒の大魔術師に感謝している証だろう。

「――では、我らはこれにて。二人とも仲睦まじいのは良いことだが、きちんと休養も取るのだぞ」

これ以上ラヴィアダリスを苛立たせたらまずいと思ったのか、黒の大魔術師はつがいと共にさっさと引き上げていった。部屋を出る直前、つがいの少女はぽんと手を打って振り返る。

「白のつがい、もし懐妊したら教えてね。いっぱい相談に乗るから！」

「は？　…あの、ちょっと!?」

「絶対だからね！　約束よ！」

自分が特大の爆弾を落としたとも知らず、つがいの少女は軽やかに去っていく。

その笑い声が聞こえなくなってようやく硬直が解け、光希はラヴィアダリスの髪を引っ掴んだ。

「……どういうこと？　僕は男なのに、懐妊って」

「あ、いや、その……光希、長く喋って喉が渇いただろう。そなたの好きな蜂蜜入りのチャイを……」

「そんなんじゃごまかされないから。……説明して」

じゃなきゃもう見てあげないから、と脅されたのがよほど堪えたのか、ラヴィアダリスは不承不承打ち明けた。つがいが女であろうと男であろうと、竜人は孕ませることが可能なのだと。事実、緑の大魔術師のつがい…筋肉質で見るからに男らしかった青年も一児の母親だと聞かされ、混乱はしたけれど。

「…でもそれって、隠すようなこと？　そりゃあ僕の居た世界じゃありえないことだからびっくりはするけど、何も知らずにいきなり妊娠なんてしたら、その方がよっぽど…」

「いや、人間と竜人は違う。竜人に孕ませる意志が無ければ、どれだけ交わってもつがいが孕むことは無い」

ならどうして、と詰め寄れば、ラヴィアダリスは眉宇《びう》を曇らせた。

「…そなたを、失いたくなかったからだ」

「……？」

「我が母親は私を産むと同時に亡くなった。…私の強すぎる魔力に、耐え切れなかったせいだ。もし私がそなたを孕ませたりすれば…」

「あ……」

そこまで言われればわかる。…ラヴィアダリスは、己の子もまた先祖返りと言われるほどの魔力を受け継ぐことを…光希が腹の子の魔力に負けてしまうことを恐れたのだ。

「馬鹿なラヴィアダリス」

光希はふんっと鼻を鳴らし、ラヴィアダリスの額に己のそれをぶつけた。不思議そうにまばたきをする顔が愛おしい。

「光希……?」

「僕は召喚の術が使えるようになるくらい、強い魔力を持ってるんでしょ。お腹の子の魔力に負けたりするわけがない」

「……っ…」

「それに…僕、思ったんだけど…」

黒の大魔術師は、まだつがいの腹の中に居る子の魔力量を正確に把握していた。ならばラヴィアダリスの父親もまた、理解していたはずなのだ。子を産ませれば、つがいの命は無いと。

それでも産ませたのは、きっと――。

「…お父さんとお母さんが、ラヴィアダリスに生まれて来て欲しかったからだよ」

「っ…、光、希…」

　そっと腕を広げれば、ラヴィアダリスは肩を震わせながらベッドに乗り上がり、光希の胸にもたれかかる。いつもと逆の体勢を新鮮に感じながら背中を撫でていると、熱い吐息が絹のシャツに染み込んだ。

「…いつかは、そなたとの子が欲しい」

「うん」

「だが、当分の間はそなたと二人きりで居たい。そなたと共に眠り、起き、食事を取り、まぐわい、湯を使い、一秒たりとも離れずに…」

　もう毎日そうしてるじゃないか、と突っ込んだりはしなかった。望めば世界を好きに出来るだろうに、あまりにささやかな願いが可愛らしくて。

　…ふと思う。もしかしたらつがいとは、黄金竜や竜人たちがその強すぎる力を濫用《らんよう》しないため、神が打ち込んだ楔のようなものなのかもしれないと。

「…そなたと…、全ての時間を分かち合いたい…」

　もはやいじらしくさえ感じられる愛しい男の背に、光希は腕を回した。体格差のせいで抱き締めるというよりは縋り付くようになってしまったけれど、ラヴィアダリスは安心しきった息を吐き、細い腰を抱き込む。光希の胸に、何度も顔を擦り寄せながら。

「…僕もだよ、ラヴィアダリス。離れていた十七年の分も…ううん、それが無くたって、僕は貴方と一緒に居たい。貴方を、愛しているから」

「光希……っ」

藍色の双眸が…光希だけの双玉が、希望に光り輝く。

口付けを待ちわびる唇に、光希はゆっくりと己のそれを重ねていった。

■あとがき■

こんにちは、宮緒葵です。ショコラ文庫さんではかなりお久しぶりになってしまいました。何と前作から七年ぶりの新刊です。忘れずお読み下さった皆様、本当にありがとうございます。

さて、この『つがいは目隠し竜に堕ちる』ですが、ずっと前に短い間だけブログにアップしたSSを元にしています（現在は公開していません）。お読み下さった担当さんが、せっかくだからきちんとしたお話にしましょうとおっしゃって下さったおかげで、こうして一冊の本になりました。

ブログにアップした時は攻めが受けに虐げられまくる話を書きたかったので、どこまでも救いの無い（でも攻めは嬉しそう）お話でした。担当さんが「あの、これ、ちゃんとハッピーエンドになるんですよね…？」と心配されたくらいに…。

張り切って甘くした結果、私が書いたお話の中では一、二を争うくらい甘々カップルになったと思うんですが、ラヴィアダリスは光希が傍に居てくれるだけで幸福の絶頂なので、実は最初から最後まで幸せなんですよね。勿論、両思いになれれば更に幸せでしょうけど。

ある意味、光希はずっとラヴィアダリスの掌の上だったというか、何をしても逃げられない運命だったというか…。

光希とラヴィアダリスは、これから百年くらいは二人きりの蜜月を堪能するんじゃないでしょうか。その間に大魔術師を失いたくないラゴルト王国や、自国に大魔術師を招きたい国々の陰謀が錯綜して大変なことになりそうですが、きっとラヴィアダリスが完璧に守ってくれるので、光希は何も知らないままのんびり暮らしていそうです。荒れるのは周囲だけ…。

今回のイラストは、みずかねりょう先生に描いて頂けました。みずかね先生、美しくも覇気に満ちたラヴィアダリスと、可憐な光希をありがとうございました…！　みずかね先生ならきっと美しい変態を描いて下さいますよね、と担当さんとお話していましたが、期待以上でした。

担当して下さったO様。七年もブランクがあったにもかかわらず、お声をかけて下さりありがとうございました。おかげで美しい変態が日の目を見られました。

そして最後に、ここまでお読み下さった皆様。このお話を書かせて頂けたのは、応援して下さる皆様のおかげです。本当にありがとうございました。

それでは、またどこかでお会い出来ますように。

初出
「つがいは目隠し竜に堕ちる」書き下ろし

CHOCOLAT BUNKO

この本を読んでのご意見、ご感想をお寄せ下さい。
作者への手紙もお待ちしております。

あて先
〒171-0014東京都豊島区池袋2-41-6
第一シャンボールビル 7階
(株)心交社　ショコラ編集部

つがいは目隠し竜に堕ちる

2020年7月20日　第1刷

Ⓒ Aoi Miyao

著　者:宮緒 葵
発行者:林 高弘
発行所:株式会社　心交社
〒171-0014　東京都豊島区池袋2-41-6
第一シャンボールビル 7階
(編集)03-3980-6337 (営業)03-3959-6169
http://www.chocolat_novels.com/
印刷所:図書印刷 株式会社

本作の内容はすべてフィクションです。
実在の人物、事件、団体などにはいっさい関係がありません。
本書を当社の許可なく複製・転載・上演・放送することを禁じます。
落丁・乱丁はお取り替えいたします。

CHOCOLAT BUNKO

好評発売中！

地獄の果てまで追いかける

宮緒 葵

イラスト・葛西リカコ

こんなに愛したのはお前だけだ

長い髪の女に追いかけられ殺される——幼い頃から毎日のように見る悪夢が原因で、有村祐一は極度の女性恐怖症になってしまった。そんな祐一を気遣った会社の先輩に連れられ女装ホステスばかりの高級クラブへ行った祐一は、そこで恐ろしいほどの美形の男、深見呉葉と出会う。牡丹の源氏名を持つ深見はなぜか祐一を気に入り、優しく酒を勧めてくる。したたかに酔った祐一はその夜、深見に激しく抱かれてしまい…。

CHOCOLAT BUNKO 好評発売中！

子連れ魔王の初恋成就

成瀬かの
イラスト・亜樹良のりかず

愛を認めない悪魔vs彼氏ヅラしてくる魔王
どちらもパパです。

子煩悩な悪魔・レモンは、獲物（女）をナンパ中、絶対に会いたくなかった男と再会する。野性的な美貌から色気を垂れ流す魔王・ヴィクター。レモンに執着し、魔眼で従わせて抱いたムカつく幼馴染みだ。レモンは息子のリトとともに魔王城に連行されるが、意外にも城にはヴィクターの子供もいた。魔力と快楽で自分をぐずぐずにしてしまうヴィクターに苛立ちながらも、子供の世話は焼いてしまうレモンだったが……。